GOBOOKS & SITAK GROUP ©

三日月書版

2 Lost Lamb
微混吃等死 著
手刀葉 畫
迷途之羊
マイゴ
輕世代 FW277
三日月書版

迷途之羊
Lost lamb

# Contents

CHARACTER FILE

「我只想看到，真正的妳。」

# 柳透光

**PROFILE**

▶高二生
▶175cm

作風低調，對自己的事有點漠不關心，但常常幫助他人。表裡如一的白宣，對他而言，有著強大的吸引力。

Lost lamb

CHARACTER FILE

「所以，透光，你會來找我嗎？」

# 白宣

**PROFILE**

▶ 高二生
▶ 168cm

知名Youtuber。常和觀眾閒聊，親和力很高的好女孩。
熱愛美食與深度旅遊。
獨自一人時會散發出一股憂鬱、與人拉開距離的感覺。
喜歡坐在海岸邊聽音樂，任憑思緒飛向遠方。

Lost lamb

CHARACTER FILE

「你不是真正的創作者，無法理解她的憂鬱。」

# 小青藤

PROFILE

▶ 高一生
▶ 165cm

氣息清新，喜歡歌唱，像是青藤一般自然而脫俗，熱愛貼近大自然。是一位即使能隱藏自己的情緒，但總是真實地表現出來的女孩子。

Lost lamb

CHARACTER FILE

「一開始不找我，現在才來，是發現一個人不好過了吧。」

# 王松竹

**PROFILE**

- ▶高三生
- ▶177cm

---

個性懶散，有點嘴賤。喜歡觀察人，也很喜歡聽音樂。想要接觸各式各樣的人，為此做了Youtuber。

Lost lamb

# CHAPTER 0
# 她與小青藤的歌

散場。

小青藤的演唱會結束了。

整個展演空間清空，粉絲散去，只剩下她一個人獨自站在舞臺上。

她的背影沐浴在轉暗的幾縷橙色燈光之中，襯著舞臺背景暗紅色的簾幕，交際處渲染得朦朧。

我隱身在觀眾席的某處。

小青藤還沒換下正式的服裝，宛如表演還沒結束一般。

她身上依然是那件秋天氣息的青綠色花瓣紋上衣，與米色格紋短裙，髮絲別在耳後，耳上的耳麥被她摘在手裡。

我發現，她一直在凝視著什麼。

剛剛經歷了一場盛大表演，精疲力盡的她在粉絲群散去後，沒有退下舞臺去休息，還是站在燈光聚焦之處，凝視著她在表演時從未凝視的方向。

未能凝視的方向。

我忍不住歪了歪頭，思考隱藏背後的意義。

「辛苦了。」

溫暖的聲音在展演空間裡傳開。

王松竹拎著一件寬大的外套，快步走上舞臺。他的樣子有點滑稽，想早一點走到小青藤身邊，又放不開面子跑步。

我看不到小青藤的表情，但她就站在原地，讓王松竹為她披上外套。

當外套落在肩上，她才長長地吐出口氣。

王松竹伸手摸了摸小青藤的頭，充滿親暱。

「剛剛我唱的歌，好聽嗎？」

「很好聽。」

「唱到〈迷途之羊〉時，我又湧起了一點靈感，之後寫完新歌唱給你聽。」

「好喔，但妳要先休息了。」

「嗯。」

王松竹輕輕地、溫柔地扶著小青藤，跟她一起走下舞臺。

這麼閃亮的光芒，簡直比舞臺燈光還耀眼。

「不妙。」

再躲在這裡，被發現之後可能會有點尷尬。我慢慢站起來，不疾不徐地往他們的方向移動。

小青藤看到我出現，可能是時機太過湊巧的緣故，忍不住莞爾笑了。

松竹則是瞇眼盯著我。

我們展開了一場無聲的交流。

柳透光你出現的時間真是巧啊，真是會讀空氣啊！

我就是讀得懂空氣才被迫現身，不然被看見，不是會被你們誤會我躲在這。

你在想什麼？我們會在意你嗎？

我只是不想被誤會我一直偷偷躲在會場，好嗎？

「……」

我們還是很擅長使用眼神交流。

「我的歌，好聽嗎？」小青藤的聲音與在舞臺上不同，切換成在休息室裡那清新、舒服的嗓音。

「好聽。」

如同反射性地，我只能想到如此毫無特色的答案。

「那我的歌像什麼？對你來說。」

「像是……」

美麗的畫面在我心中如畫卷一般展開。

荒野上空，厚重的雲層蔓延，濕氣愈來愈重、氣溫愈來愈低，隨著第一滴雨落下，雷聲轟隆，氣味清新的雨水降臨荒野。

「雨，下在荒野上的雨。」

「是這樣啊。」

「給我的感覺……至少我第一時間，心裡是這麼想的。」

我如實說道。

小青藤這時已穿上了那件略大的外套，疲倦仍浮現在臉蛋上，繼續說道：

「雖然我很累了，但你好像還有話想說。」

「這個……」

「你之後的安排呢？」

「我沒有其他安排。」

「沒有？」小青藤啞然失笑，「沒有其他安排，是因為你要繼續尋找白宣吧，說得這麼理所當然。下一站是哪裡？」

毋須確認，小青藤明白自己說的是對的，毫無懷疑。

聽到她口中直接說出尋找白宣，我有點驚訝。

猜得實在太準了。

就像是她認識白宣似地。

我想起那朵海芋，也沒有隱瞞地回應：「是陽明山的竹子湖。」

「呵呵，竹子湖的海芋園嗎？那裡很美。」小青藤點點頭，水潤的雙眸直勾勾地望著我。

我明白，她在等我說出心裡想說的事。

別再迷茫了。

別再猶豫了。

我下定決心，堅定地說道：「小青藤，我有一件事想拜託妳。」

「嗯？」

「妳可以和我一起去竹子湖嗎？拜託。」我雙手合十。

小青藤沒有說話，原先放在大衣口袋裡取暖的左手，也在不意間自然地垂放身邊。

她愣住了嗎？

對我而言，此刻，時間彷彿陷入永恆的靜謐。

小青藤輕眨的睫毛、在燈光下散發低調光彩的嘴唇、無瑕的臉蛋，幾縷垂落在臉頰兩側的筆直髮絲。

過了幾秒，她微微地笑了。

「為什麼想要我一起去竹子湖？」

「白宣不在了，我想邀請妳一起拍片，攝影師是王松竹。我們本來就說好要去竹子湖了。」

「喔？上傳在『追逐夜星的白宣』頻道嗎？」

追逐夜星的白宣。

一開始只有白宣孤身一人，後來白宣認識了我，讓我也加入，變成了一個組合。

那也是「追逐夜星的白宣」，一年多來的固定模式。

「對，沒錯。」我頓了一會兒說道：「我想透過這件事讓白宣知道，追逐夜星的白宣，不是永遠只有現在這個樣子。」

「嗯……」

「頻道可以有變化，創作形式也是，我跟她也是。人會變，個性也會變。她完全可以更盡情地做她想做的自己。」

「讓我想想。」

小青藤陷入思考。

她先是不著痕跡地望了王松竹一眼，王松竹同樣以最小的眼神動作回應之後，小青藤才正式點了頭。

「謝謝。」

她以那獨一無二的清新嗓音說道：「好，我答應你。」

這無聲的交流看起來真眼熟吶。

我滿懷感激地回道。

小青藤柔和地笑了，擺擺手。

「柳透光，我們之後再聊，先讓我休息一下。」

「嗯。」

「先走了。」王松竹盯了我一眼，留下之後再找我說話的暗示。

憑藉著我跟王松竹多年的交情，當然能捕捉到他如何快速地回應小青藤，但真正令我訝異的是，小青藤居然在決定以前詢問王松竹的意見。

而且是以這麼具有默契的形式。

他們的關係並不簡單吶。

對於小青藤，我認識的時間還不久，幸好與她非常要好的王松竹也會一起去竹子湖，這才讓她放心答應吧。

跟「追逐夜星的白宣」頻道合作，對小青藤個人經營也是好事。

等到他們都離開以後，我一個人回頭望著偌大的表演空間。

空氣依然乾燥，昏暗的燈光維持著最低的能見度。

悄然無聲。

只是閉上雙眼，小青藤在舞臺上高歌的餘韻仍在心中。我用手掠過幾張椅背，也轉身離開。

夜色漸濃，我與王松竹走到火車站附近的公園。冬天尾聲，夜路上的行人很少，更添一絲寂寥。

那是蓋給附近居民與小孩玩耍的公園，有沙坑、鞦韆、翹翹板、溜滑梯，充滿了幼時常見的遊樂設施。

我們在冬天的夜裡散步。

「吶，柳透光。」

「嗯？」

「你知道我為什麼開頻道，只做日常生活影片，實況串門子，做一個主要是陪伴粉絲的 Youtuber 嗎？」

王松竹忽然問道。

他穿著紅色為底、印有白色文字的夾克外套，那是標誌著 Youtuber 身分的外套，敢穿在路上走也需要一定的勇氣。他還穿著暗色系剪裁合身的牛仔褲，長度僅到腳踝，讓他修長的腿比例更長。

我想了想，搖搖頭。

「那你知道，最近有些酸民甚至說我做的影片是廢片嗎？」

「廢片？」

「是啊，他們都不知道我做得要死要活。」

王松竹微帶自嘲地說，雙手插在紅色連帽外套的口袋裡。

「為什麼？」

「連這個也不知道啊你。」

他笑了兩聲，淺笑即止。

我們經過鞦韆，王松竹像是發現什麼似地停下腳步。

「我上一次來這裡，已經是一年多前了。」

雖然我想提問，但此刻明顯不是最好時機。

他微帶落寞地走向鞦韆，靜靜地坐在上頭。不知道是不是我的錯覺，他的表情裡透出一股透明得難以觸及的惆悵。

他開始擺動鞦韆。

我上一次看到他盪鞦韆，是多久以前的事了？

我走了過去。與白宣設下難以跨越的無形冰牆感覺不同，王松竹並不排斥別人靠近。

反倒是，希望別人靠近。

微風吹拂著我們。

雨過天青的城市正適合仰望夜空，聊聊心裡話。

我坐上另一個無人乘坐的鞦韆。

我們兩個人像這樣一起坐在鞦韆上，又是多久以前的事了？

「松竹，我突然想到，以前我們也不是沒有聊過。」

「只是這次我想說了而已。」

廢材上的風霜菇，王松竹的頻道名稱。

我們第一次這麼直截了當深入這個主題——吶，你為什麼想做Youtuber，為什麼想做生活廢片型的影片啊？

「好吧，那你為什麼現在想說了？」

「我剛聽完小青藤的歌，看完她淋漓盡致地在舞臺上閃耀，讓全場粉絲都沉浸在她的音樂裡，我好……不，我真的被震撼了。打從心底。」

「是喔。」

「你也看到了，她有多麼迷人。」

「我看得出來。」

小青藤擁有無與倫比的舞臺魅力，但白宣更美。

背景是無盡夜色，黑暗中，似乎周圍一切的存在感都降低了，唯有公園的街燈映照著我們。

「一開始我們認識時，小青藤還沒什麼名氣，屬於那種很少人知道的網路創作歌手。」

「嗯。」

「我常常在 Youtube 上面聽歌，有一天無意發現了她唱歌的影片，記得是她寫的歌〈迷途之羊〉，從那天開始，我就喜歡上她了。」

「喜歡她的歌？」

「不，是她與她的歌。」

天啊！我陷入沉默。

松竹在我眼前自然而然地對別人告白了，而且毫無遲疑。

他漸漸停止擺盪鞦韆，修長的雙腿輕易著地。他往前傾身，將雙手立於大腿上。

「我大概知道你跟白宣邂逅的過程。在圖書館做影片，一路到現在經營『追逐夜星的白宣』，訂閱數超過五十萬……很美好，也很讓人羨慕。」

「嗯。」

「我和小青藤認識的時候，她國三，我高一。當時她才剛開始經營頻道，穩定更新著歌曲，開實況唱歌，偶爾線下聚會。在她用心的經營下，漸漸地粉絲變多了。」

「她該紅。」

小青藤清冷得如同細雨般的音色與舞臺魅力，太特別了。

「為了規劃新影片的主題、安排活動，我們一直都有見面，也常會約出來吃飯，討論接下來的發展，到現在也是如此。」

「是喔？」

我不由得有點驚訝。

看來小青藤對王松竹的情感，不只是對一個鐵粉的情感吧。

王松竹對她的情感，就更不用說了。

「你高一時認識她，現在我們才高二，這麼說，小青藤的頻道只經營了一年多？」我確認地提問。

王松竹點了點頭。

一年又幾個月的時間，能取得現在的成績……真厲害吶！

身為「追逐夜星的白宣」頻道一員，不僅僅是白宣製作影片上的伙伴，頻道的經營與推廣，我也有協助。

小青藤不可能只靠自己一個人就做到現在的成績，十萬多的粉絲，又會不時舉辦線下聚會，除了她很努力以外……

我在心裡驚呼一聲。

「王松竹你啊，這些事我之前都沒聽說過呢。」

「所以你今天認真聽，以後我再也不會說了。」松竹惡劣地笑了笑，「一年多前，我還能幫到她。我本來就有開頻道做遊戲實況，或分享一些生活上的瑣事，因為認識了小青藤，我常常幫她宣傳，甚至跟她一起去錄音，做 Feat 的節目。」

現在也是啊。

我正想這麼說，王松竹卻在不意間離開了鞦韆，走向了翹翹板。我只好向前一跳，跟上他的腳步。

翹翹板。

這是小學時我們很喜歡玩的東西。

透過丈量翹翹板兩邊的重量，來判定哪一邊獲得勝利。

王松竹坐在翹翹板的一端。沒有人坐的那一側，頓時翹高。

「後來，小青藤慢慢走紅，粉絲團人數愈來愈多，每次唱歌都有幾千個人在聽，線下演唱會從一開始幾十個人到幾百個人，還有上千人等著買票。」

「嗯嗯。」

「有一天我找小青藤來我的頻道，想幫她宣傳新辦的演唱會。」

他看著前方翹起的翹翹板，聲音裡帶著不快地說：「結果我的頻道，湧進了超過我訂閱數的觀眾，好多人說我利用小青藤騙人氣，也有人說標題該寫『小青藤 Feat 廢材上的風霜菇』……那可是我的頻道啊！」

我一句話也說不出來。

一時湧起的憤怒消去後，王松竹面露半放棄的神色。

「重量不一樣了，高度也不一樣了。」

「你想太多了。」

「那一天是我第一次認清，喔，在別人眼裡，我跟小青藤已經有差距了啊。」

「這沒什麼好比吧？」

我微帶憤怒地打斷他說話，在翹翹板另一端坐下。

四目相對，平視彼此。

這種事情哪有什麼高低！

「幹嘛和別人比？何況那個人還是小青藤。」

「你從來沒有想過嗎？」

「想過什麼？」

「像是你和白宣。」

我頓時說不出話。

像是我和白宣？

只是，我對白宣從來沒有湧起這種情緒。

憤怒……自卑……不甘……

這些太複雜了。

見我沒有回應，王松竹從翹翹板上起身，漫步到其他地方。

夜色更深，氣溫也更加寒冷。

我跟著他走到溜滑梯邊，這是最後一個遊樂設施了。

他是想把設施都玩一遍嗎？

什麼也沒說，王松竹爬到溜滑梯上頭，往下看了我一眼。我還是站在溜滑梯旁邊。

你不上來？

懶得爬。

你現在不玩溜滑梯，這輩子還會溜嗎？

沒有你說的這麼誇張好嗎？

我們照常完成了毋須言語的視線交流。

王松竹在溜滑梯邊緣坐下，雙手扶著石頭做成的滑道。

「回到一開始的問題，我為什麼現在只做這種類型的 Youtuber？做生活影片，吃喝實況，到處 Feat 其他 Youtuber？」

我明白他並不是要我回答，只是靜靜地等著他自己說出答案。

「畢竟不是每一個人都有創作的才能。所以，我做——」

「夠了。」

我稍稍提高音量制止了他。

以我們兩人的友情，還不需要到大吼大叫才能表態。

真的是，夠了。

王松竹終於收起那抹有點玩世不恭的笑意。

我用手壓著眉心，掩飾我的表情。

王松竹雖然沒有說明，但我已然明白他的意思。

但是，為什麼說這個？

「請問風霜菇大大，你為什麼會做一個專作廢片，但是讓大家看了很放鬆、很治癒，可以聊天交朋友打發時間的頻道？」

「雖然沒有什麼精彩的內容，但看著看著，時間就過了。」

「風霜菇怎麼沒有更新，這樣我今天怎麼耍廢！」

我記得不少他的粉絲留言，跟著他一起耍廢的粉絲還是很多，不是很好嗎？

我想起日本有一位非常可愛的女孩子。

她的臉蛋白白小小、說話聲音很好聽，不管她做什麼，全身都自然而然地散發出一種慵懶氣質，常常靠著邊吃漢堡邊和觀眾聊天就做完一支影片。

「你懂我的意思嗎？」

「懂了。」

懂是懂了，我嘆口氣。

王松竹看著遠方只有幾顆夜星閃爍的夜空，淡淡地說：「可以的話，我想讓更多、更多人聽見她的歌，也想像今天這樣，親眼看見聽眾為她的歌、為她而沉迷。」

「加油了。」

他從溜滑梯滑下，滑到了我身前。

我伸出手，一把將他拉起。總是號稱一八〇的王松竹站起來，還是比我高了一截。

他撥順有點凌亂的頭髮，回頭環視公園一眼。

「一年多以前，我跟小青藤也來過這個公園，那是我們第一次見面。」

「原來。」

「我們也一起盪鞦韆，坐上翹翹板聊天，互相嚇對方。跟你不一樣，她有和我爬上溜滑梯，但因為穿著短裙擔心走光，只有我在她面前滑下溜滑梯。」

盪鞦韆時是肩並肩坐在一起。

玩翹翹板時高度發生了變化。

最後的溜滑梯，一個只能無止境地往下。

冬末，夜色濃厚的公園中，王松竹透過象徵童年的遊樂設施，似乎傳達出一些沒有說出口的事。

我愣然思考時，他再次流露出追憶過去的模樣。

十幾秒後，他才回過神。

「時間很晚，今天差不多了。明天還要去竹子湖，我訂中午左右的車票可以嗎？不用急著明天就上陽明山，後天再上山就可以了。」

「好啊，這樣她能睡晚一點。」

王松竹心不在焉地回我。他看著手機，螢幕上是小青藤傍晚的演唱會在社群網站上引起的討論串。

我在心裡笑了一聲。

小青藤之所以能迅速竄紅，你明明就幫了很多忙。

王松竹對我揮揮手，說了聲「先走了」。

「柳透光，明天中午約在火車站？」

「嗯，行。」

他跟小青藤預約的旅店在其他地方。

我的話，等會兒找找火車站附近的旅店就可以了。

等王松竹一走，我從口袋裡拿出白宣寄給我的那封信——在高美濕地的線索中，出現的那封信。

只是想這麼做而已。

第一次讀完信時的感觸，怦然湧上心頭。

字裡行間，白宣對自我、對製作影片那沉重而難以釐清的懷疑穿透信封，筆直地迎向我。

簡直就像是白宣的幻影，從信紙裡頭探出頭，現身在我眼前一般。

真實無比。

最近，我常常在思考一件事。

看著影片閱覽數超過好幾十萬、甚至一兩百萬，在那麼多人眼中四處旅行的我；能跟當地居民熱情聊天、總露出燦爛笑容的我。

真的是我嗎？

我自己看到，都很迷茫。

吶，透光，每次我這麼想都好想從大家眼前消失。慢慢地，也愈來愈不敢去做Youtube影片。

我可能得重新認識自己。

好想、好想重新認識大家眼中的我。那一個白宣，到底是怎麼樣的人吶？

我一直一直在想。

這是白宣消失的理由，很多理由之中的一部分。能找到她的人只有我了，找到躲起來的她。

要是我沒有找到她，她會消失，會變得透明。

會和原本的身分——會和作為Youtuber白宣的她，劃開一道透明卻永遠無法跨越的界線。

她一定會這麼做。

我輕輕靠向溜滑梯冰冷的石壁，預期中的冰冷讓我清醒了一些。

輕撫著信紙，我想起白宣曾問過的那個問題……

最脆弱時會想起誰？

我非常在意。

想到這裡，我截斷關於白宣的思緒，開始思索明天的旅途。

海芋指引了陽明山的竹子湖，但是，沒有其他線索該怎麼找？

竹子湖的海芋漫山遍野，站在高處往下眺望，鋪天蓋地都是海芋。在沒有其他線索的狀況下，從何找起？

那個地方，我們甚至還沒有拍過影片，只是討論要怎麼拍而已……

「咦？咦！」

難道，白宣的意思是這樣嗎？

光景流轉而至。

小青藤在登上舞臺高歌之前，在休息室裡說過的話。

——就連我也不知道該怎麼說吧。像我們這種創作者，大家都叫我們Youtuber，粉絲再多再多，真正能理解彼此的人其實還是只有其他創作者。

——即使是在「追逐夜星的白宣」那個 Youtube 頻道，雖然你也常常出現……

但那是白宣的創作，是白宣為主體、承載白宣夢想的地方。也因為這樣，你不是真正的創作者，無法理解她的憂鬱。

微風拂過，我走出被夜色吞沒的公園。

「我不是真正的創作者，不理解她的憂鬱……是嗎？」

看向夜空、迎著冬季的冷風，我禁不住嘆了口氣。

真的有人能理解白宣的憂鬱嗎？甚至，真的有人能完全明白別人的憂鬱嗎？

很多時候，就連自己也不明白為何迷茫徬徨吧。

CHAPTER 1

# 值日生：白宣、柳透光

海芋，花語是高雅。

有著長條的綠色花莖，花冠像是純白色的漏斗，中間包著黃色花序，是形狀特別、頗具觀賞價值的一種花。

以臺灣來說，最著名的生長地是陽明山竹子湖。

那裡海拔約七百公尺，氣候偏涼多雨，像是臺灣典型的山中雲霧繚繞，深具浪漫氣息與神祕感……

松竹聽到這裡，好奇地問道：「透光，你說了這麼多，我才想起來臺中其實也有海芋吧？」

「嗯，只是品種不同，臺中的海芋是金黃色的。之所以要去竹子湖，也是因為我和白宣預定的影片企劃是在那裡。」

「你去過嗎？」

我搖搖頭，「還沒去過。」

這也是我第一次去竹子湖。

我們從臺中搭火車一路北上，在天龍車站下車。

下火車之後，我們沒有直接轉乘捷運前往陽明山，而是先找了一間車站附近的甜點店坐下。

店名叫作四月。

四月位於小巷內，與鬧區隔開一小段距離，讓它因此保持寂靜優雅的氣氛。

時值下午，店內沒有開太多的日光燈，年輕的老闆娘僅僅開了幾盞燈，讓窗外的陽光自然映射到店內。

和煦的陽光為寒冷的冬日帶來暖意，我們坐在靠窗的位置，店內播放著輕古典音樂，別有一番情調。

「不趕時間嗎？」

「不趕。」我說。

今天真的不急，從時間來看，明天才要上山。

這趟旅程小青藤一路隨行。

離開展演會場的她，變得比較沉靜，只有那如降臨荒野的細雨一般清冷的氣息保持如一。

她一路上沒有說太多話，只偶爾跟王松竹小聲講幾句。視線還是會與我相對，態度也依然溫和、好相處，臉蛋上常掛著愉快的笑容，更常好奇地東看西看，就是沒有那麼活躍地說話了。

跟在準備演唱時的她，截然不同。

螢幕前後兩種性格的Youtuber，喔，這我實在看過太多了。

王松竹把點好的菜單拿去櫃檯時，我問道：

「小青藤，妳會冷嗎？」

「不會。」

小青藤輕微地搖搖頭。

兩頰邊垂落下的髮絲輕輕搖曳。

從臺中北上，氣溫明顯變低了，在冬天更明顯。

小青藤穿著柔白色的襯衫，搭配一件青綠色滾白邊的短裙，短裙下露出的腿，穿上了長度到膝蓋的黑色長襪。

比起在臺中，她多穿了一件米色大衣。

王松竹回來時，店內的古典樂正好放到韋瓦第的《四季・春》。

我看著坐在圓桌邊的兩人。

「關於去竹子湖拍影片的事……」

為了表示我的決心，我故作鎮定地道：「我不是吃飽太閒、沒事想拍影片。你們都是 Youtuber，知道我跟白宣的頻道做一支影片有多花時間。」

討論去哪，討論取景，討論想要呈現的大自然風景畫面與景點亮點，還要綜合人文、地理、歷史……

不意間，我想起與白宣一起找資料的回憶。

看資料雖然辛苦，但白宣總是樂在其中，每當有什麼新發現，她都會突然靠到我身邊，擠著我，說出她的發現。

很可愛吶。

每次她擠到我身邊，我都很想伸手摸摸她的頭……但我最後都不敢摸。

陽光從側面灑落在小青藤與松竹的臉頰上。

「我知道你很想拍，還特地邀請小青藤加入，我可以聽聽看你的理由嗎？」

「主要是我想透過邀請小青藤加入，改變做影片的形式，告訴白宣——『追逐夜星的白宣』不一定只有一個樣子，可以有很多不同的型態。白宣可以更自由地做自己想做的事。」

與自由地，展現自己。

「這個我聽你說過了，另外的原因呢？」

王松竹單手擱在椅背上。

一旁的小青藤雙手放在大腿上，微笑著沒有多說什麼。

「嗯，你有和我一起去高美濕地，也跟我去找了白宣遺留下來的線索，應該有發現到追尋白宣的旅途問題在哪。」

「問題？」

「像是白宣藏在高美濕地的線索，我們不就找了很久嗎？差點找不到。」

「喔喔，你是這個意思啊。」

放在風車旁邊的箱子，我跟王松竹找了許久，最後靠著靈光一現的回憶，才想到白宣把線索放在那裡。

這次的提示只有一朵海芋。

在竹子湖，海芋漫山遍野。

「白宣留下來的線索很隱晦，有時甚至想不到她把線索藏在哪裡。這次的竹子湖……我坦白跟你們說，線索只有那一根放在箱子裡的海芋。」

除此之外，連一個字都沒有。

更不要想海芋有其他提示，我檢查過很多次了，那只是普通的海芋。

王松竹的個性我理解，他不會反悔說不幹。

但是會抱怨幾句。

個性溫和、對於尋找白宣很有興趣的小青藤，更是會一路隨行。

我把海芋從袋子裡拿出，放到桌上。

「線索只有這支海芋。陽明山的海芋園，我跟她約定好在寒假要去拍影片，白宣很喜歡玩這種只有我跟她會懂的暗示。」

說到這裡，我忍不住停了下來。

到底為什麼，白宣這麼喜歡寫下只有我們兩人讀得懂的文字？

我將疑問擱在心中，續道：「她消失了，但『追逐夜星的白宣』頻道還在。我要做的事只有一個，用『追逐夜星的白宣』身分，踏上前往竹子湖的旅途，尋找她埋藏線索的地方。」

「原來是這樣啊。」

「柳透光。」小青藤輕聲問道：「你跟白宣，有更明確地討論過製作節目的方向嗎？」

「有。」

「說吧。」

我凝視著小青藤清澈的雙眸，不由得為了她清新的氣質而愣住。

她給人的溫度偏冷，相處起來卻是那麼溫和。

除了清冷的氣質非常特別以外，我還訝異她怎麼能猜到……白宣和我討論過的節目製作方向，正好是竹子湖之旅的最大暗示。

我乾脆地說：「用鏡頭尋找一朵最美的海芋——這是我們當初討論出來的主題。」

也是白宣與我未竟的約定。

我們早就約定好，要到竹子湖拍攝海芋園的影片。

在依然寒冷的季節。

只是，白宣在那之前就消失了。

王松竹若有所思地點點頭，雙手輕鬆地抱在胸前，往後翹起椅子。

「尋找最美的海芋，有這句話就行了吧。白宣放在竹子湖的線索，一定是在最美的海芋旁邊。」

「我也是這麼想。」

「但是，要怎麼找到最美的那朵海芋？」小青藤適時地問了一句。

「只能去現場再說了。」

「這次是要我負責拍攝吧？我好久沒有拍了，要回去整理一下設備。」王松竹喝完剩下的奶茶，站起身，「說好了，柳透光，我明天帶攝影器材和你會合。」

「謝了。」

我用身子靠了靠他的肩膀，再次說了聲「靠你了」。

小青藤默默站起身，背起小巧的荷葉後背包，說道：「我難得來臺北一趟，想去其他地方走走，也想去唱片店。」

「嗯，今天先這樣吧。」

約好明天再見，我們在甜點店解散。

慢慢地走出巷子，我抬頭望了天空一眼。

天色灰濛、雲層厚重，但沒有將要下雨的感覺。看天氣預報，這幾天都不會降雨，竹子湖肯定煙霧繚繞。

忽然，牆角的柱子旁冒出了一道嬌小身影。

「你之後有事嗎？」小青藤走了出來。

「沒事。」

「那你可以帶我去你和白宣的學校嗎？我想去看看。」

「可以是可以……」這沒有問題，我問道：「為什麼妳想去啊？」

小青藤背靠柱子，側身面對我，雙眼閃爍了一下說：「你邀我一起去竹子湖，不就是為了找白宣嗎？我想更貼近你和白宣的生活，更瞭解你們，才比較好幫你找她。」

「好啊，那走吧，現在學校裡大概也沒什麼人在。」

小青藤輕輕嗯了一聲，跟到我旁邊。

我帶著她走回天龍車站，搭乘捷運前往水昆高中。到站下車後，距離水昆高中還有一小段路。

「妳要坐公車嗎？」

「嗯。」

雖然是嗯，但她搖搖頭。

……這應該是不要的意思吧？

我還在思考，小青藤的短髮搖曳，已然往學校的方向走去。

水昆高中依山而建，位置偏僻，處於商業區邊緣地帶，在假日十分寂靜。寒假開始之後，這是我第一次來學校，周遭沒有什麼行人，平常在附近賣食物的攤販也都不見了。

走進校園裡，寂靜的氣氛更加明顯。

放眼望去，偌大的操場沒有任何學生走動。

冬天的冷風吹拂而過。操場邊的榕樹、幾棵山櫻花、無人使用的籃球架，最後掠過草皮時，揚起了小青藤柔順的髮絲。

她伸手別開遮住視線的頭髮，清澈的眼眸眺望遠方群山。

她沒有說話。

晚冬時分、初春季節，一身青綠色的小青藤，獨自站在廣大綠草地上，那副模樣訴說了千言萬語。

不只是幅畫，簡直是一篇故事了。

小青藤還是帶著那抹淡淡的笑容，說：「我想去你們上課的教室。」

「我不知道能不能進去喔。」我攤手。

「沒關係。」

於是，我們走到校園一角，爬上樓梯，到達空中走廊。

除了部分位於操場對面的大樓，與更後方的專科教室，從這裡幾乎可以眺望整座水昆高中的環境。

過了走廊，二年A班的門牌出現了。

小青藤看到門牌，可愛地咦了一聲，雀躍地向前走去。

我凝視著她的背影，忍不住笑了。

她的樣子，和王松竹在散場後想以最快速衝到小青藤身邊，又不敢真跑的彆扭模樣，如出一轍。

小青藤跑到教室門前，沒有開門，而是探頭看了看教室內。

我一愣，忽然意識到了什麼。

對我們來說極其平凡的教室。

熟悉的早晨，在盛夏時還會覺得煩悶。

用粉筆寫著值日生的黑板、總是映著校園景色的窗戶、固定的鐘聲……

換個地方，或是不久的以後，這些熟悉的日常都會變得值得懷念吧。

正因如此，來自不同學校的小青藤才這麼好奇嗎？

我思考著小青藤之所以要來水昆高中的原因，感覺不止是單純地想更瞭解我與白宣在學校的生活。

讓小青藤走進去吧！

我走到門邊，不報期待地轉動門把。

聞風不動。

看來沒辦法，只能使出封印已久的招式了。

我往左邊移動腳步，到了前門的窗戶邊。

「妳想進去嗎？」

小青藤轉過臉，直直地望著我。

那瞬間，映入我瞳孔中的是有些矇矓的眼神，澄淨的眼眸倒映染上灰色的天空。

沒有說話，也沒有說想，她就只是眨眨眼，點了點頭。

……看來是很想。

我終於弄懂了，比起聲音，小青藤在日常生活中更習慣藉由微小的動作與眼神，表達自己想法。

於她而言，無聲的請求更勝有聲的委託。

配合小青藤那如同細雨般清新的氣質，讓人完全無法拒絕。沒有人有辦法狠心拒絕吧！

王松竹平日在學校悠哉地走來走去的模樣浮上心頭。

唉，看來你也是不容易啊。

教室窗戶是傳統的卡榫式，只要能鬆開卡榫，就能橫向推開窗戶。我伸手按向窗戶，用力上下搖動。

沒有多久，卡榫鬆了。

再奮力搖幾下，卡榫徹底鬆脫。

身為二年A班的學生，在寒假溜進自己的教室，應該不會有問題吧？我往上一蹬，跨過窗框，跳進教室內。

我打開了教室前門。

小青藤身影輕晃，背著荷葉包站在了門邊，與我僅隔一線地對望。

越過了這條線，她就踏入了二年A班。

就在此時，陽光穿過雲隙，透射而來。

我忍不住伸手遮眼。

「吶，柳透光。」

「嗯？」

「你怎麼會想到這樣偷開門啊？」

她的聲音輕易穿透耳膜，在我心裡徘徊。

光影之中，小青藤的身影與別人重疊了，過往流轉而至，化為無數道光芒占據了我所有視野。

我徒勞地伸出手，試圖抓住什麼。

思緒，正向遠方飛去。

要是我想恢復鎮定，也是可以截斷思緒的吧。

但是我不想。

小青藤舉起右手，像是她一樣地輕撩髮絲——

剎那，我已經不存於這裡。

「吶，柳透光，你怎麼會想到這樣偷開門啊？」

我聽見了無比熟悉的聲音，就在眼前極近的距離。

我與她僅僅隔著二年A班教室前門那條無形的界線，分別站在教室內與外。

她獨特的嗓音隱隱散發著虛無與空靈的氣息，還有一點點的距離，總是一副略顯親暱又若即若離的感覺。

我幾乎不作思考。

「因為門就在這裡。」

「嘖，透光兒。」她瞥了我一眼，「你偷看我昨天上傳雲端的臺本，這是從裡面學到的臺詞對吧！」

「嘿嘿。」

你為什麼要爬山啊？

因為山就在那裡。

這是英國傳奇登山家——喬治．馬洛里（George Mallory）的名言。

「可惡，居然把我引用的臺詞拿出來說！」

「嘿嘿。」

放學後的校園、沒有人經過的走廊、只有我們在的教室，身穿剪裁合身的白色制服與黑色百褶裙的她站在眼前。

我意識到這一切都是青春的圖騰。

白宣輕撩因風飄揚的長髮。柔順烏黑的髮絲掠過臉蛋，掠過纖細的鎖骨，她身上迷人的氣息散發。

裙襬輕晃，她跨越了界線，走進了二年A班。

在早已被擦乾淨的黑板右邊，拿白色粉筆寫上了值日生的名字。

——**柳透光**。

——**白宣**。

我注視著白宣的動向，好奇為何要在放學後潛入上鎖的教室。

只見她輕快地走向自己的座位，從裡面拿出一本筆記本，與一臺相機。

相機？

「妳什麼時候在抽屜裡藏了一臺相機？」

「咦，我沒有說過喔？」

「沒有。」

白宣熟練地把相機掛在胸前，雙手越過頸後，撩起被相機繩圈住的長髮，髮絲如瀑布般自然傾瀉。

「透光兒，我一直想找時間拍學校合作社前那幾棵櫻花樹，只是今天放學時忘記帶相機走了。」

「現在去拍？」

「嗯，我是想現在去。快要寒假了，現在去拍最好。考你，為什麼？」她單手扠腰，饒富興致地盯著我。

推理，妳以為這難得倒我嗎？

我雙手抱胸，不甘示弱地哼了一聲。

「哼。」白宣也哼了一聲。

「哼。」我只好再哼一聲。

在白宣受夠了的手伸來捏我前，我趕緊回答：

「學校的櫻花樹不多，幾乎都是臺灣山櫻，合作社前面那兩棵最大，專科大樓後面還有幾棵。比起日本櫻花，臺灣山櫻顏色更有野性、更紅更深一些，重點是……開花期。」

開花期比較早——我說出關鍵字。

白宣沒有說話，故作生氣地擠擠眉毛。

看來我說對了。

「臺灣山櫻的開花期是一月底逼近二月，具體開花時間要看看溫度的回升狀況。最近幾天都很冷……妳正好可以捕捉到櫻花還沒盛開的照片。」

含苞待放的狀態。

櫻花開，意味著春天到來。

「好吧，想不到你知道這麼多。」

「當然。」

自從白宣說要做尋櫻的影片，我不知道看過多少關於櫻花的資料了。

「看來透光兒你快要能獨當一面了，跟著我學習，還懂了很多臺灣植物的知識。」白宣拍拍我的肩膀，不知道是在讚美自己還是稱讚我。

其實不只植物，我心想。

臺灣各地的地理、水文、人文、地方歷史與特色，跟著白宣一起旅行，四處拍影片，讓我的見聞與知識都大量增加了。

她戴好相機，戳了戳我的背。
「走吧，透光兒，我們一起去拍學校的櫻花。」
「好啊。」
「這是我們臺灣尋櫻影片計畫的第一步！」
「是的！」
我跟著白宣大步往前的纖細背影一道走出教室。

我默默地望著小青藤。
小青藤在教室裡走了一圈，什麼也沒說，興致勃勃地四處看，不時伸手劃過空蕩的課桌椅。
最後她走到黑板前，發現了黑板上沒擦拭乾淨的粉筆痕跡。
黑板的日期停留在寒假開始的那一天，值日生——
柳透光。
白宣。
黑板將日期停留在了那一天。

小青藤回過身，勉強地保持她的笑容。

走進教室後的她一直給我一股欲言又止的感覺，在那抹硬是擠出來的笑容下，究竟隱含什麼情緒？

「有時我好羨慕你和白宣。」

她的聲音與唱歌時類似，是偏清冷而蓄意隱藏內心的聲調。

「為什麼？」

小青藤沒有回應，只是看著我。

我只好接續著她的話語說道：「是因為我和白宣每天都一起上學，一起上課，只要轉過頭就看見對方、摸到對方、聽到彼此的聲音嗎？」

說出口的是物是人非的從前。

說不出口的是光景流逝而去的如今。

曾經，無時無刻不能感受到白宣就在我身旁。

此際，時時刻刻都能感受到白宣不在我身邊。

小青藤搖搖頭，咬著嘴唇。

「不對。」

「那是為什麼？」

「那只是表面的理由而已。真正讓我羨慕的是，你們可以一起快樂地、開心地創作，一起上山下海，四處跑來跑去。」

「嗯。」

其實我也隱約猜到了。

「柳透光，雖然你不算是完全獨當一面的創作者，也不是對Youtuber懷有夢想與追求的人，但你也以創作者的身分投入了『追逐夜星的白宣』之中。」

「嗯，確實是這樣。」

「你很開心，白宣也很開心——這是最重要的事了。」

小青藤不再與我對視，也不再裝作沒事，她難過地低下頭，放棄似地補了一句。

「我很羨慕。」

我不由得嘆口氣。

這一對，真是令人擔心吶。

我望著小青藤垂落到頰邊的短髮。

因她敞開內心向我坦白心聲而動搖著。

我真的被撼動了。

寒假，二月天。

大寒已過，立春未至。

北風穿過窗戶，捎來陣陣寒意。

呼出口的氣息化為白煙，轉眼消散。

我想起白宣，再想起白唯，常常相處的王松竹，還有眼前的小青藤。

我們……每一個人，都正處於迷途。

# CHAPTER 2

## 天青色等煙雨

隔天一早我們約在天龍車站見面。

出門前我觀察了天空，雲層比昨天還厚，氣溫也比昨天更冷，凍得我的臉有點緊繃。

今天要上山，氣溫只會更低，我特地穿上暖和的灰色輕便羽絨衣。

「松竹，這天氣……看來會下雨。」

「如果今天下雨，就是透光你幫我撐傘的時候了。」王松竹望著天空，半開玩笑、半帶認真地說道。

「為什麼？」

「因為攝影器材。白宣不在，攝影器材壞了沒人有辦法買新的。」

「知道了。」

白宣不在的事實，倒是不用你費心提醒吶。

王松竹穿著標誌 Youtuber 身分的紅色外套，搭配合身牛仔褲，反戴一頂深色帽子，背上的大包包裡大概裝著攝影器材吧。

「抱歉，我來晚了。」

小青藤連忙走向我們集合，小小的臉蛋通紅，摀著胸口喘氣。

可能昨天在唱片店待太晚了。

她頂著米色毛帽，蓋住耳朵。怕冷的她，披了一件雙排釦墨綠色長版大衣，長度直至膝蓋，就連下襬露出的小腿，也套著丹數高的絲襪。

小青藤朝手掌呵氣，鼻尖浮著淡淡的紅暈。

「妳穿這樣上山夠保暖嗎？」

「唔，應該可以吧？」

看到王松竹關心小青藤的情況，我遮住不禁上揚的嘴角，悄悄別開視線。

原來現在的我看到曖昧中的兩人關心彼此，笑容會有點不自然啊。

羨慕。才能。

差距。距離。

這些東西，在你們兩人之間會是什麼？

我走上前一步。

「走吧！」

在天龍車站集合完畢，我們走到車站附近的站牌。這裡有一路通往陽明山，深入竹子湖的公車。

沒等多久，公車進站了。

車上載了一些旅客，但幸好仍有位置。畢竟花季還沒有正式到來，特地前往竹子湖的旅客數量還不到高峰時期。

陽明山，竹子湖。

公車在城市內行駛，最後沿著士林官邸前方的寬敞大道一路開上山，道路逐漸變得狹窄，窗外也從市景轉換成林木夾道的綠意。

呼吸間，空氣變冷了，窗戶染上薄薄水霧。

我坐在窗邊的位置，單手撐住頭。

「透光。」松竹低聲叫了我的名字。

「嗯？」

「你和白宣原本打算來這裡拍影片的話，你們應該討論過要怎麼拍，呃，就是討論過彼此的想法吧？」

「有啊。」

畢竟是王松竹。

離我與白宣最近的人無疑是他。

王松竹目光筆直地看著我。

「以前白宣在，是由她主導拍攝過程運行，我只要跟著做就好……現在只有你了。你明白我的意思嗎？」

是要說這個啊。

我收回視線，散漫地看向窗外。風景被玻璃窗上的霧氣模糊成一片。

見我避不回應，王松竹沒有生氣，逕自靠回椅背。

我清楚意識到彼此在現實的距離沒有拉開，但某個地方的距離拉開了。

「白宣不在了。」他說。

「你能拍出一集 **Youtube** 影片嗎？」

……我不知道。

知道答案的話，我會回答嗎？

我不知道。

「我話先說在前頭。」

王松竹醞釀片刻，以像是勸告的口吻說道：「柳透光，照你說的，我們特地來海芋園，是為了拍出你和白宣約定好的影片。白宣不在了，要你主導拍攝或許有些困難，但我和小青藤都會盡量協助你。你拚死也要拿出成果，完成影片。」

沒有白宣主導的我，一個人拍影片嗎？

「我盡力。」

最後，我只能如此回答。

公車經過仰德大道，繼續往金山方向前進，竹子湖、海芋園的路標悄悄出現。一路上，一小點白色的海芋海時而出現在遠方。

在一個能走向許多海芋園的交叉口，公車停了下來。

到了。

下車的瞬間，撲面而來的冰冷空氣讓我全身清醒。高山的氣溫遠比平地更冷，連呼吸都能感受到冬意。

我看向小徑，冬霧瀰漫，無處不在。

一如預期。

「嗚哇！」

見到如此美景的小青藤，不由得發出了驚嘆。白煙般的雲霧飄散在整條小徑上，視線所及的景色都覆上了一層輕薄霧氣。

氣溫非常低，小青藤縮了縮身子。

天空依然陰沉，加上瀰漫山中的雲霧，讓風景更顯得曚曨。

「走吧走吧。」

穿過這條小徑就到海芋田了，忽然我意識到了什麼。

「等一下，王松竹你開始拍了嗎？」

王松竹原先沉浸在旅途風景的表情跟著一愣。果然還沒開始拍，連攝影器材都沒有拿出來。

我們在小徑的終點前停下腳步。

「還沒拍。」

「松竹，你這樣的行為對得起你穿的外套嗎？」

「呵，你懂什麼？」王松竹捏了捏外套的胸口，「我只是想先用純粹旅人的心態體驗，等一下再拍。」

「為了追求真實感嗎？」

「沒錯，這樣拍出來的影片、選取的鏡頭畫面，才是最能引起觀眾共鳴的片段。」

「好像很有道理……」

我思考著該如何回應王松竹一本正經的胡說八道，他卻解開背包拿出了攝影機，小青藤也湊過去協助。

沒有多久，王松竹比了個ＯＫ的手勢。

「走吧。」

原來我能熟練地帶領王松竹的鏡頭取景啊。

一個人也可以。

根據我們以往合作的默契，我率先往小徑的終點走去。小青藤作為第二個入鏡的人，想了幾秒也跟上腳步。

這部影片裡沒有白宣，也沒有意圖代替白宣的人。

穿過小徑，一整片隨風搖曳的白色海芋田在我們眼前展開。

徹底占據了視野。

小青藤展現了率真的一面，興奮地跑到我前面。

她看向了傳說中的竹子湖海芋園。

海芋的純白色既高雅，又浪漫。

生長在煙霧縹緲的群山之中，更富有一絲神祕感，讓人心生嚮往。

密集生長的海芋，就像是一張張清雅的白色宣紙；飄散在山林間的氤氳水氣，一如水墨，在宣紙上渲染出淡淡的灰墨色彩。

清冷的冬天氣息包圍著我們，旅人比想像中少，畢竟花季還沒有正式到來。

旅人散落在廣大的海芋田各處。

「好美……」

小青藤輕聲呢喃。

任憑思緒翻飛，一頭短髮隨風飄逸的小青藤，模樣像極了坐在沙岸上凝視遠方的白宣。

內心深處似乎傳來某種情感，心臟怦然一跳，我伸手撫向胸口。

孤獨感。

出乎意料地到來。

為什麼在不同人的身上，我會感受到同一種感受？

「追逐夜星的白宣」的旅行影片，有些是現場收音，也有部分是事後調整收音內容，我與白宣只要正常地說話、旅行就好，不會事先安排對白。

順其自然。

旅行就好。

我回過身，看向王松竹的鏡頭。

他早已等待我回身——不愧是松竹。

現在我與小青藤的背景，是布滿山坡田野的純白海芋。

「午安，我是墨跡。這是『追逐夜星的白宣』在寒假的第一支影片，也是我們頻道有史以來，第一次只有我出現的影片。白宣她……」

音量慢慢轉小，因為我意識到自己的聲音正變得模糊而沙啞。

墨綠色身影忽然躍進我的眼中。

小青藤青青撞了我一下，自然地帶走了王松竹攝影中的焦點。

「醒醒啊你。」

這是她壓低音量卻迴盪在我耳邊的提醒。

我稍稍一愣，又聽到了完全不同的聲音——清脆開朗的聲音。

「大家午安，我是這次 Feat. 白宣與墨跡的小青藤！」

她自然地對著鏡頭招手。

「今天的拍攝工作，是由『廢材上的風霜菇』協助，相信大家對風霜菇並不陌生，請他也和大家打個招呼吧！」

王松竹伸手到鏡頭前揮了揮。

我想開口，但一時間居然接不上話。

小青藤雙手收於身後，身子微微側轉，讓鏡頭能帶向後方的海芋田。純白色的高雅海芋，應該在觀眾眼前展開。

王松竹趨前了幾步。

這默契，可以。

小青藤換上輕柔的嗓音，流利地說道：「今天我們來到了陽明山的海芋園！水氣豐沛、雲霧縹緲的陽明山竹子湖，生長著漫山遍野的白海芋，一直是廣為人知的風景勝地，不管是來過或者沒來過的朋友，都跟著我們一起來看看這裡的美景吧！」

她期盼地望向我。

我……我……

搖搖頭，我什麼也說不出來。

我明白自己該接話，小青藤已經很幫我了。

回話啊！接話啊！以前白宣在身邊時，這是我輕而易舉就能辦到的事不是嗎？

為什麼現在沒辦法了？

是為什麼？

一個人就不行了嗎？

我仰頭看向天空，逃避似地閉上雙眸，讓大腦暫時關機。幾秒之後，或是幾分鐘後，我無聲地嘆了口氣。

重新抬起頭，我望向露出不置可否表情的小青藤。

「這樣做為開頭是可以了。」

「嗯。」她說。

「但是我不行。我沒有辦法跟妳一起……不對，應該說我沒有辦法像是以前跟白宣那樣，自然地拍片，連接妳的話都做不到。」

「是喔。」小青藤用食指抵住下顎，「我想也是。」

我勉強勾起嘴角。

她肯定早就猜到我會這樣了吧。

如果現在是白唯在這裡，肯定會很不開心。

說不定還會直接給我一拳，強行抓著我的肩膀使勁搖晃。

沒有白宣。

也不能依靠小青藤和我配合。

我揮了揮手，示意王松竹看過來。

「我們就當作普通的觀光客來竹子湖旅遊吧，不要特意面對鏡頭，我回去自己剪影片，邊走邊找尋白宣藏在這邊的線索就好。」

「行，你決定。」

「那我呢？」

小青藤早已背對我，望向遼闊的海芋園。

「跟我們一起走走，找線索吧。放心，我們走的路線是當初我和白宣問過很多人，大家很推薦的地方。秉持『追逐夜星的白宣』的宗旨，我們也會去比較隱密的景點冒險。」

「那好，我跟你們走。」

小青藤笑著點頭，浮現兩個小酒窩。

白宣當初和我討論的主題是——用鏡頭尋找最美的海芋。

這件事我跟他們說過了。

與白宣一起事先調查過竹子湖的我，自然走在頭頭的位置。

以前都是我看著白宣的背影吶。

我帶著小青藤、王松竹一起走向一個隱密的停車場。停車場連接著海芋步道，是我與白宣設定好的起始點。

我們踏上步道，沿路能看到許多經營海芋園的商家，他們的海芋園各有千秋，都是白色系海芋。潔白素雅的白色，與它的花語十分相襯。

「我想拍照。」

「嗯，去吧。」

我們走得很慢，不趕時間。

到現在也沒有人發現我們。

步道相當漫長，中間有許多岔路通向不同的海芋園。即使不進入收費的海芋園區，依然能看見漫山遍野的海芋。

「好美！」

小青藤拿起掛在胸口的相機，對向遠方群山。

陽明山山腰氤氳繚繞，冬霧飄散，林間掩映著矮小的房子與小橋。其他出現在畫面裡的就都是海芋了。

花季未到，旅客稀少，站在這樣的環境中，甚至有種置身另外一個世界的魔幻感。

小青藤一連拍了幾張，才心滿意足地回到小道上。

我們繼續前進。

竹子湖環境得天獨厚，氣候涼爽多雨，水氣充足，更有豐沛潔淨的山泉水源，形成種植海芋的最佳環境，占了臺灣海芋生產量的八成。

鋪設的步道沒有為了旅客而犧牲自然環境，只是簡單地鋪上石頭或木頭地板，方便旅客行走而已。

海芋長得很滿很密。

「柳透光、柳透光。」小青藤戳了戳我的背。

「怎麼了？」

「為什麼我們左右兩邊的海芋園，一個是種植在淺淺的水裡面，一個種植的土卻是乾的呀？」

「喔喔。」之前讀的資料立刻浮現腦海，我說道：「海芋分成濕地型與陸生型，妳想採海芋的話，去有水的海芋田比較有趣。」

但要換青蛙裝就是了。

「走進濕地裡採嗎？那個水至少到我的腳踝高度耶。」

小青藤走到濕地型海芋的那一側，想也沒想地蹲了下去，近距離觀察水生海芋田。

觀察一陣子後，她移動到另外一側，看著陸生型的海芋。

「這兩邊的海芋有什麼差別嗎？我看不出來。」

她結論似地說道。

我把雙手插進口袋，隨意地回道：「我也看不出來。感覺生長在淺淺一層水裡的海芋比較好看？」

「你如果不知道哪一邊比較好看，怎麼找到最美的海芋？」

小青藤發現我在敷衍她，也沒有因此生氣，或許是覺得沒必要因此生氣。

她輕抵嘴唇，眨眨清澈的雙眼，就那樣盯著我看，反倒讓我不好意思地低下頭。

那是種被比我小一歲的女孩，以更成熟的心態和觀點，充滿耐心又溫柔地指點的感受。

我陷入深思。

「你在原地想，絕對沒有用。」

小青藤一迸而起，身上的淡淡香氣隨著動作飄散在空氣中。她掠過我身邊，輕飄飄地往前方走。

走吧。也只能走了。

即使前方的人不是白宣，我也只能跟著走了。

我跟上小青藤，留神周圍的海芋。

最美的海芋到底會在哪裡？

白宣當初和我討論竹子湖影片的製作時，有談到想透過這部影片呈現什麼樣的風景。具體要去的觀光景點、路線設計，我們也有聊過。白宣說了很多想法，我都還記得。

「大芋園。」

我下意識地說出這個名字。

小青藤短髮搖曳，嫩白的後頸一閃而逝，她旋過身看著我。

我輕輕推了她一下，讓她繼續往前走，不用特別停下來。這個動作可能被王松竹看見了，我聽到嘖的一聲。

「什麼？」

有趣的是，小青藤沒有抵抗，任憑我推著她前進。

「我和白宣想去的是大芋園。」

說出來之後，我才發現聲音有些雀躍。

公車抵達的位置，穿越小徑後再稍微走一段路，出現的隱密停車場是起始點。

海芋步道是開頭，主體則是大芋園。

站在海芋步道上，我揮手暗示後方的王松竹靠近，接著開始說明關於大芋園

的情報。

那是一間經過白宣調查後得到的推薦店家。

大芋園在當地頗具名氣，種植海芋很有心得。老闆種出最好的海芋，同時提供旅客視覺上的享受，與實際下田採海芋的體驗。

即使不換上裝備走進濕地型海芋田，也能在土地濕潤的旱地海芋田採集海芋，數量有限。

「大芋園……除此之外你有下一步的方向嗎？」

「還沒有。」

最美的海芋指的是什麼，我還是不知道。

「至少先去再說。」

我很快地決定。

往大芋園前進的路上，小青藤只要發現心儀的風景，就會停下腳步以照相機記錄。看著她纖細的身子掛著復古單眼相機，意外有種反差感。

她很認真地拍下她認為美好的風景。

石頭步道的兩側不時出現木製路標，走了一陣子，親身體驗到海芋夾道生長的盛況後，大芋園的路標出現了。

右轉——我指了指方向。

大芋園是一座的私人海芋園，周圍的柵欄高度比我的身高還高，阻止遊客在外面窺探園內風景，必須在入口處付費才能進入。

票價除了包含入園資格，還附一杯咖啡，加上可以帶走六朵海芋還可以。

白宣一直希望能透過自己的力量，幫助臺灣各地用心經營地方特色景點的旅遊業者，大芋園是她當初指定的店家之一。

背後一定也有一段故事吧。

走進大芋園，一股高雅的芬芳花香撲鼻而至。

「嗚哇……」

大芋園占地寬廣，花田裡的海芋都經過精心安排，依照設計好的位置生長。還看得見幾名園藝師傅，在花田附近巡視。

小青藤像是天真的孩子似地奔向花田。

海芋平均可長到一至兩公尺，和蹲坐在花田邊的小青藤差不多高。她陶醉地捧著臉蛋，看得入迷。

我與王松竹走向其他花田。

松竹啊，小青藤蹲在海芋旁邊的畫面你拍了吧？

沒有。

少來，你一定有拍她。

沒有，我真的沒拍。

不會吧王松竹，你為了不讓我把小青藤的可愛模樣剪進影片裡，不惜欺騙我嗎？

好，別再說了，我有拍啦。

「哼哼。」

我與王松竹進行了無聲的交流。

小青藤蹲在海芋旁邊，單膝跪地，拿著單眼拍個不停，看樣子她一時半刻無法將心思抽離海芋了吧。

「我們先在大芋園裡找找……啊，找老闆做個訪問好了。」

「行嗎？」

「你的意思是，我們沒有事先進行告知，就這樣找老闆不好嗎？」

「對啊。」

王松竹放下攝影機，露出疑惑的神情。

如果是白宣會怎麼做呢？

僅僅是瞬間，我不由得在心裡笑了，迅速做出決定。

「走吧，管他這麼多。」這也是白宣會有的態度。

「如果不能用，後製時不要剪進去就好了。」

大芋園老闆對培養海芋投入了不少的心血，能確實感受到柵欄內的海芋長得更飽滿，顏色更純白。

白宣想來這裡，必有理由，訪問老闆大概會很有意思。

我環視周圍，試圖尋找老闆與小屋的位置，園內的所有花田一一映入眼簾。

……咦？

我發現了一件事。

一陣雞皮疙瘩爬滿全身，我就像是發現神祕風景的探險者一般，心裡有股難以壓抑的衝動。

我瞪大雙眼，傻在原地，大腦飛快地運轉。

真的嗎？

天啊，居然是這樣嗎？

我難掩詫異，發自內心為老闆的巧思而震撼。

沒有等待松竹，沒有多說二話，我連忙回身，一個箭步奔向入口。

經過小青藤時，她似乎因為我的大動作而抬起頭。

從入口望向園區，支支海芋迎風搖曳，盛開的海芋散發著淡雅香氣。純白花冠、銘黃花序，無一不是吸引人的焦點。

我揉了揉眼睛。

稍稍深呼吸，眼前所看到的風景是——

V I O L

E

有五處花田明顯地構成了五個字母。

終於確認了內心的猜測，預測化為了篤定。

我鬆了口氣，一直懸在心中——關於能否找到白宣留下的線索——的大石頭終於安然擱下。

這趟陽明山的竹子湖之旅，看來不會空手而歸了。

光景流轉而至。

在她的房間，假期開始的週五午後。

白色的桌燈亮著。

白宣穿著寬鬆的便衣，純棉短衣不時從雙肩滑落，再被重新拉好。白宣坐在椅子上，雙腿盡情地延展到書桌邊的床上，露出白嫩的雙腿。

她把寫完的計畫擱在桌上。

「那是什麼？」

「一個謎題。」

「在大芋園？」

「嗯，一個我在找海芋園時發現的巧合。」

「什麼巧合？」

「問太多就不好玩了。」

白宣神祕地笑了，伸出食指放到我的嘴唇前。

「噓。」她說。

往前方望著她的我，輕易地看見白宣裸露出來的鎖骨，形狀美好。當她靠近我時，我不由得閃避了視線。

那時候的我還會感到害羞。

光芒透射而來。

我截斷思緒，從過去的回憶回到現實。

一道光芒灑下，穿透了層層迷霧。我仰天一望，真是難得，今天這種陰雲籠罩的天氣，居然還能見到陽光。

即使沒有持續太久，光芒依舊曾經閃耀。

「我懂妳的意思了。」

我輕聲說道，任憑話語化為白煙消散，也不在意有沒有人聽到。

白宣當初說的巧合，是指老闆把花田的形狀做成這樣吧。

想到找出了白宣的線索，心情頓時變得悠哉，我笑著地把雙手插進口袋。站在原地，望向海芋田。

就這樣毫無憂慮，平靜地看著。

攝影機出現在我身邊。

「你想到了嗎？」

「想到了。」

「快找吧，要下雨了。」王松竹推了我一把。

回到那一天。

「吶，透光兒。」白宣叫了我的名字。

「嗯？」

「我們現在做的計畫，不只要拍這些常見的種類喔，還要特地去找尋那些少見的櫻花樹。」

「喔……好啊。」我點點頭。

畢竟這個臺灣尋櫻影片計畫，發想人是白宣吶。熱愛探索祕境的她，不可能只滿足於捕捉生活環境中的櫻花。

根據我這些日子讀到的資料，學校裡的臺灣山櫻，別名緋寒櫻，是臺灣最常見的櫻花。

其他著名的櫻花還有八重櫻、千島櫻臺灣特有種霧社櫻、日本引進的大島櫻，還有桃園武陵的特有種——紅粉佳人。

要將這些櫻花所在的景點都去一遍，無疑是一趟大工程。

實際拍攝與取景討論要花費很多時間以外，大概也榮登頻道裡所有節目製作費之冠了。

不知不覺白宣放慢了腳步，與我並肩同行。

「我記得學校裡都是山櫻吧？」白宣忽然問道。

「合作社前那兩棵我確定是山櫻，專科大樓那邊不太確定。」

「等一下我們都去看看，順便教你一件事。」

「什麼事？」

「教你怎麼找出最美的那一朵花——對我來說，最好看的一朵花。」白宣很開心，難掩興奮地走下樓梯。

我一時有點愣住，趕緊快步跟上。

最美的一朵花？

從千千萬萬朵裡挑出來？

我追隨著她迫不及待的身影一路下樓，踏上操場的邊緣地帶，遠遠就能看見合作社門口的兩棵櫻花，左邊的稍微往右傾，右邊的樹稍微左傾。

兩棵櫻花樹枝幹交會，形狀看起來就像是個倒過來的V字。

每年春天，這兩棵櫻花長出的美麗花朵，總會有一大部分重疊，交錯生長。

像極了兩人牽手、依靠彼此的模樣。

每次從樹下走過，都有種從一對牽手的戀人間走過的感覺，印象很深。

一對牽手的櫻花樹。

櫻花飄落。

正因沒有漫天飛舞，極少數飄落的櫻花反而更加顯眼。

我走到樹下，正好看見一朵粉色櫻花飄到白宣頭上，她絲毫沒有察覺。

在意識到之前，我的手已經自己做出反應——

將頰邊的髮絲別到耳後，再以櫻花妝點。

髮絲上的粉嫩櫻花，將白宣空靈的氣質柔化，霎時間，整個天地只剩這一抹櫻色。

還來不及收回手，白宣雙眼輕眨，本來專心凝視櫻花的她，側過頭來發現了我的動作，也察覺到了那朵櫻花。

四目相對，我愣在原地，雙頰一陣發熱，耳根好燙。

尷尬，我的臉現在一定紅透了。

我不敢像以往一樣無所謂地正面看著白宣，眼神飄移不定，假裝欣賞櫻花。

但我注意到，白宣的臉蛋也浮起了一抹櫻紅。

她拿起掛在胸前的照相機，僵硬地轉過身背對我。

為了避免尷尬，我也稍稍轉身背對她。

這麼尷尬的場景還是第一次出現在我們之間。

幾秒過去，氣氛才緩和了一點。

白宣繼續望著頭頂上還稱不上盛開的櫻花樹。在寥寥無幾的櫻花裡，尋找最美的櫻花。

我也學她，看向另外一棵櫻花。

背對背，我與白宣，各自凝視著還沒牽起手的兩棵櫻花樹。

時間漸漸流逝，滴答走過。

輕拂而過的微風捎來寒意，也吹落了幾朵櫻花。

「吶，透光兒。」

聲音從背後傳來，我知道白宣沒有轉身，所以我也沒有轉身。

「怎麼了？」

「你知道我眼中最美的花朵長什麼樣嗎？」

「不知道耶。」

「呵呵。」

風鈴般清脆悅耳的笑聲，聽起來心滿意足，發自內心覺得快樂。

「那朵花必須美到我想把它戴在頭上，才是我心中最美的花。」

「是、是嗎……」

「你剛剛幫我戴的那一朵櫻花，夠美嗎？」

「……」

「不用害羞，說出最真實的想法就好了。」

「絕、絕……」我深深呼吸後一口氣說道：「在我心中，絕對是最美的一朵櫻花。」

這次沒有令人摒息的等待時間，白宣乾脆地回答：「那，它就是最美的櫻花了。」

我回過身，她也同時轉過身來。

白宣伸手固定頭上的櫻花，微笑地看著我。

眼前的畫面，美得讓我將它永遠存進心中。

「透光兒，該認真做事了。」

「嗯嗯。」

「還不確定什麼時間開始製作的尋櫻計畫影片，需要用到還沒綻放的臺灣山櫻照片，甚至是影片。我們眼前這兩棵臺灣山櫻，剛好是長得很特別的櫻花樹，你覺得從哪一個角度拍比較好？」

「呃，讓我想想。」

牽手的櫻花樹，確實少見。

我繞著兩棵櫻花樹走了一圈，有了初步的想法。

「白宣，由下往上拍，強調它們相連的枝幹怎麼樣？」

「我試試。」

「還有站在二樓走廊，從高處拍或許會有新發現。」

「喔！你這個建議讓我有新靈感了，我們快去拍！」

白宣帶著相機開始跑上跑下。

我跟在她後面，與過往一樣，無數次看著她迷人的背影。

我們在合作社前的櫻花樹周圍待了很長一段時間，才拍好所有要用的照片。

我們準備離去時，天氣變冷了，白宣脫下冬季外套，加了一件學校的黑色套頭毛衣，再重新穿上外套。

「走吧，專科大樓那邊還有櫻花。」

「妳今天就想拍完？」

「能多拍幾張是幾張，說不定明天櫻花就開了。」

「也是。」

於是，我們走向專科大樓，那裡的櫻花也是臺灣山櫻。

以結果來說，那一天我們在放學後的校園奮戰到太陽西下，才把校園內能用的櫻花素材拍完。

天色徹底暗了下來。

夜幕降臨，少數幾間還有人使用的教室亮起燈光。

專科大樓這邊沒有街燈，只有從二樓教室傳來的微弱光芒。

「呼，終於弄好了。」

白宣發出一聲長嘆，閉上眼睛往大樓的牆壁一靠，緩緩坐了下來。她抱起雙腿，相機垂落在她的大腿上。

「說實話我也累了。」

我跟著在她身邊坐下。

白宣勾起嘴角，意味深長地望了我一眼，還笑了幾聲。實在可疑。

「妳在笑什麼啊？」

「祕密。」

「告訴我喔！」

「我是不會說的。」

「快說！」

連我自己都覺得這個恐嚇實在過於薄弱。

白宣一點也不怕，理所當然地閉著嘴巴，雙手抱著弓起的長腿。心情愉悅的她哼起歌，跟著節奏輕晃腦袋。

直到今天，我仍然不明白那天白宣心中的祕密。

我截斷思緒，試著從過去的時間中抽離，然而白宣說過的話依舊浮上心頭。

**那朵花必須美到我想把它戴在頭上，才是我心中最美的花。**

**你剛剛幫我戴的那一朵櫻花，夠美嗎？**

彷彿白宣就在身邊，不意間，回應脫口而出。

「美得無與倫比。」

意識到自己還沉浸在回憶之中，我焦躁地閉上雙眼，微微皺眉。

別再想了。

那些時間，是因為白宣的相伴才有意義。

「……不對。」不是那樣。

睜開眼，對於心裡突然湧起那種想法的自己，我不禁有些失望。

並不是有白宣相伴，那些美好的時光才有意義吧。

一陣冷風拂過，我順了順被風吹亂的頭髮，看向前方搖曳的海芋田。

起風了。

位於陽明山深處的竹子湖，終年雲霧繚繞、水氣豐沛。有幾汪清澈的池塘，座落在偌大的海芋生長地內。

不知何時，雨水特有的那股氣味愈來愈重，空氣也愈加潮濕。

本應躲到小屋內準備避雨的我與小青藤，卻沒有一個人移動。王松竹似乎想捕捉雨景，走到附近樹下，鏡頭對準天空。

冷風起，煙雨至。

山嵐湧動，撫過一片片海芋田，待寒風過後，潔淨的白色就在田裡重新挺立。

稱不上厚重的雲層微微地透出陽光，不遠處甚至有著藍天。

細細雨絲落下。

海芋田裡、泥土地上、池塘水面，紛紛濺起雨的痕跡。

雨絲迅速化為一片雨幕，占據整片天空。隨著雨勢加大，隨之升起白濛濛的霧靄，乘風飄向遠方。

有一瞬間，我甚至分不出來那究竟是下雨了，或只是雲霧而已。

突如其來的雨水洗去海芋上的髒泥和灰塵，就像是褪掉最後一層塵世的外衣，漫山的海芋在雨景中靜靜嶄露光彩，低調而耀眼。

我揉揉雙眼。

這種說大不大的雨勢，就算不避雨也暫時不會淋濕。我抬頭眺望遠方，煙霧幾乎遮掩住了山的形狀。

晚冬之際，山裡清新冰冷的空氣、煙霧繚繞的群山、映著碧藍色天空的池塘、無處不在的純白海芋。最後，是將世界染上一層薄霧的紛飛細雨。

腳步一動，心臟跟著一跳。我伸手摸向胸口。

「要是一個創作歌手，不對，單純唱歌的歌手也算……」小青藤不知何時出現在我旁邊。

她近似呢喃，又像是故意說給我聽一般道：「比如說……嗯，好難比喻，就像是我吧。」

這自信我倒是無可反駁。

「就像是我吧。身為歌手，現在的我，兩隻腳踩在竹子湖的土地上，親眼見識到了這麼美的風景，在這樣的情況下，如果說沒被深深震撼、沒有任何創作衝動，根本是不可能的事。」

……不可能嗎？

我沒有回應。

一個字都沒有。

因為我知道小青藤想說的是什麼。

在我們對話的過程中，雨勢慢慢變大，從細細雨絲變成了點點雨滴。

小青藤摘下了米色毛帽，露出她過耳的俐落短髮。雙排釦的墨綠色長版大衣防水效果出色，落在上面的雨水凝結成一顆顆小雨珠。

雨滴持續落下。

無懼雨勢，她迎著天空抬起頭。

「我就問你一句話，柳透光。」

「什麼？」

「剛剛的你，有被這樣的風景吸引住嗎？我說的不是覺得很美、好想拍照之類的喔。」

「我……」

小青藤以她清脆得不可思議，甚至帶有一股強大誘惑力的聲音問道：「你有被徹底迷住，沉浸在裡面嗎？」

「我……」

正要出口否定，心臟卻怦然一跳。這究竟是今天第幾次了，心裡為了一些連自己也不確定源由的衝動而撼動。

再也無法抗拒。

再也無法逃避。

原來，自己早已身陷其中。

不是無法自拔，而是甘願地沉浸在這樣美好而夢幻的風景裡。

為了自己覺得美好的事物，簡直可以犧牲一切。

雨變大了。

點點雨滴正面打在我的臉上，我轉頭望著小青藤。她輕輕閉著眼，嘴角勾起，抬頭迎向落雨。

她在享受這場雨。

啊，我也是創作者吶。

雖然不是第一次這麼想，但剛剛絕對是我身為創作者的自我意識最強烈的瞬間。

我清楚明確地認知到自己是創作者。

是「追逐夜星的白宣」一員。

是白宣的影片協助者。

是出現在白宣上的墨跡。

是永遠跟在白宣身邊出現的人。

「……」

怎麼好像一副沒有白宣就沒有我了，那是事實嗎？

毫無疑問，我有創作的衝動——或許，我也想做出屬於自己的作品。

小青藤重新睜開眼。經過雨水洗禮，這雙眼眸更多了一份清澈。

「如何，你心裡有答案了嗎？」

「有了。」

「那就好。」

小青藤露出燦爛的笑容，簡直是雨中的陽光。

「我先去躲雨了。」她說了一聲，轉身走向小屋。

直到現在我才注意到，王松竹依舊站在遠方。

他的鏡頭自始至終沒有放下。

接下來是我自己的事了啊。邁開腳步，走向白宣藏有線索的地方。那個地方，其實不難找到。

從大芋園入口看去的花田形狀是：

V

I

O

Ⅱ

ɘ

把符號寫在紙上，先垂直翻轉一次、再水平翻轉一次——

Ь

Π

O

I

Λ

單獨。

即是寂寞的意思。

如果走到蓋在大芋園入口正對面的小屋，從小屋看向花田，只要認真看，也能看到這個單字。

不知道大芋園的老闆為什麼會修剪出這個形狀的花田，但我也看過 **HOPE**、**HOME** 等等的文字花田，有 **ALONE** 也不意外。

孤單、形單影隻、一個人、孤單一人、無人相伴。

心中浮現好多關於孤獨的聯想，大量負面情緒襲來。現在我積蓄了足夠的正面能量，那些情緒影響不了我。

一步一步，我一個人走向大芋園中Λ的位置。

腳踏著青草稀疏的土壤，直到我站在Λ字形生長的海芋前方。

粉色光景流轉而至。

那是還青澀到彼此距離依然讓人迷惑的時光。

水昆高中的合作社前方，兩棵每年都會牽手的櫻花樹。

左邊的櫻花樹向右傾，右邊的櫻花樹向左傾，靠近彼此的枝幹，形狀看起來就像是Λ。

偶爾經過樹底下能看見在半空緩緩落下的櫻花瓣。

那年春天，我曾為一個女孩別上櫻花。

外表清新、氣質脫俗、時常給人若即若離感受的那個女孩……

因為那朵粉色櫻花，她似乎不再那麼空靈難測。

那朵花必須美到我想把它戴在頭上，才是我心中最美的花。

你剛剛幫我戴的那一朵櫻花，夠美嗎？

那，它就是最美的櫻花了。

我把視線聚焦在眼前的海芋，仔細搜尋。

同樣是那一天。

在專科大樓後方的臺灣山櫻生長地，我們精疲力盡地忙碌了一個下午，好不容易把想拍的櫻花素材收集完畢。

疲倦的她依靠著牆壁，邊說好累喔邊緩緩坐到地上。

穿著白色制服、黑色百褶裙的她，為了她眼中美好的事物而全力付出。

而那朵櫻花也是我心中，至今為止的人生裡，看過最美的花了。

回過神來。

我已經站在Λ處海芋花區的位置。

這個海芋種植區不大，我仔細觀看每一朵海芋，用手撥弄。

我移動到Λ處海芋區，Λ的正中間位置。

一如當初在兩顆牽手的櫻花樹下，為白宣戴上櫻花的地方。在那裡，如預期地發現了目標。

我彎下腰，伸手探入密集生長的海芋之中。

翻動幾下後，總算摸到了我想找的東西。

「透光，該閃了！」

雨勢在不知不覺中變得更大，王松竹在遠方喊道。

嗯，也差不多該去躲雨了。

我把從海芋上解下的透明畫筒放進外套口袋，往小屋跑去。

我戴上了連帽外套的帽子，暴雨頃刻而至，我連忙大步狂奔，在山雨襲來前躲進了小屋。

走進小屋的瞬間，轟隆雨聲傳入耳內。

我沒有回頭。

雨要下，就盡情地下吧。

大芋園中建有一座小屋，原木色的外牆上攀附著藤蔓，屋外種有許多觀賞性植物。

海芋田就在小屋前方。

走進屋內，第一眼就被強調自然光的設計迷住。陽光自落地窗外透射進來，是青藍色與迷濛的灰。而寬敞的視野，讓旅客能盡情眺望風景。

屋內鋪上了木質地板，踩起來十分舒適。窗臺也擺有許多盆栽，空氣中瀰漫著一股大自然的芬芳。

圓桌、椅子、吧檯、角落的鋼琴、懸掛的吊燈……小木屋內的一切家具，都走純色、樸素的簡約設計風格。

這是一間小型的簡餐餐廳。

老闆打造了一個供遊客休息的地方，提供輕食與咖啡、茶飲。

比我早進來的小青藤，早已坐在窗邊的位置。

餐廳一角有一道竹簾隔開用餐區，鋼琴就擺在裡面。

窗戶布滿雨痕，隨著雨滴滑落，煙霧瀰漫的竹子湖更顯矇朧。

「找到了。」我說。

落地窗旁，小青藤脫下了墨綠色大衣，露出內裡的淡灰色薄棉外套，正用毛巾輕輕擦著一頭俐落短髮。

她小心又呵護地擦乾髮尾，抬起頭看向我。

眼裡充滿好奇。

我手裡拿著那支短小的透明畫筒——裡面裝著一張捲起來的畫。

「你還真的找到了啊。」她說。

「當然。」

「厲害厲害，就憑著一朵你和王松竹在高美濕地找到的海芋。」

「嗯，沒錯。」

從旁人的角度看來，或許神奇得難以置信吧。但是真正與白宣相處過一段時間的我，心裡明白線索其實足夠。

我們說過要一起去竹子湖拍海芋。

在討論影片企劃時，白宣最想去竹子湖的大芋園。

主題是尋找最美的海芋。

而最美的那一朵花，在我與白宣的相處時間中，印象最深刻的無疑是那朵粉色櫻花。

不只是我認為而已，白宣也親口承認過。

那朵櫻花在哪裡呢？

在水昆高中合作社前方，牽起手呈現倒V字的兩棵櫻花樹下。

當我看到——

VIOЦɘ

當下我就有了絕對的自信，一定能找到白宣埋藏於此處的線索。

所幸最後確實如我所願。

我走向小青藤對面的座位，點了一杯熱拿鐵。位於窗邊的這張木桌，有四個位置。

我回頭搜尋松竹的身影。

「咦？你需要幫忙嗎？」

「不用，我快弄完了。」

不久，擦乾器材的王松竹走了過來。

他坐在小青藤旁邊。

理所當然似地。

「行啦，透光，我今天拍的畫面夠多了。」

他邊說邊接過小青藤遞去的毛巾，沒有多想地直接拿來擦頭髮。

那是同一條毛巾。

這兩個人相處時就連空氣也甜蜜呢。

我緩緩打開畫筒，取出裡面裝的畫。用畫筒輕輕地敲了桌面兩下，確定了畫筒裡再無其他東西。

這幅畫就是我們下一個地方的全部線索了。

紙是宣紙。

畫這幅畫的人，使用透明水彩在紙上描繪。

背景是一望無際的藍天。

阡陌之間有一棟美麗的白色民宿，民宿前方是整片翠綠色的蔥田。長滿青綠色蔥苗的田裡插著兩支稻草人，帶出濃濃的農田風情。

小青藤沉默。

王松竹無語。

他們在我眼前對望了一眼，再一起轉頭看我。

「怎麼了？」

我沒好氣地反問。

天啊，天啊，雖然不是第一次了，但我還是很錯愕。

王松竹居然會在我眼前跟我以外的人進行無聲的默契眼神溝通。

「這題目有點簡單耶。」

「會嗎？」

「這蔥很眼熟啊。應該說，提到蔥，臺灣人最容易想到的就是那個地方了吧？天空很藍，背景也沒有其他建築，會出現在阡陌之間的白色民宿……臺灣只有一個地方，最符合這兩個條件。」

小青藤的手指在茶杯上輕撫。

她醞釀了幾秒後，才說道：「是宜蘭吧。三星蔥，翠綠色的蔥田與民宿。」

宜蘭，三星。

我心裡也有想到。

那個地方是我和白宣曾經去過的民宿。

不是計畫，也不是未做的影片，而是我們早已一起踏上的土地。我點點頭，正面凝視著小青藤。

我堅定地說：「對。」

這題目十分簡單，但也別想得這麼容易。

從大家的視線中消失的白宣，不會就這樣出現在民宿裡，她所設置的線索更不可能放在民宿的餐桌上或冰箱裡。

我拿出手機拍照，以防哪天不小心遺失了這幅畫。

確保儲存圖片後，我將畫捲起來收進畫筒。

「你收起來幹嘛？」松竹問道。

「剩下的就是我的事了。」

「咦？竹子湖的旅程已經結束了嗎？」

「對，結束了。」

「小青藤先不說，之後也沒有我的事了？」

「你的話……唔，下一個地方大概沒有你的事，回家休息吧。」語畢，我順著王松竹的話語看向小青藤。

小青藤聳聳肩，不說話，搖搖頭。

「竹子湖這邊的線索找到了，這趟旅程尋找白宣的部分也結束了。難不成現在要叫你們推理嗎？」

想起從臺中開始的這趟旅程，我誠懇地補了一句：

「謝謝你們。」

一路負責拍攝影片的王松竹。

一路相伴，在舞臺上閃耀光彩盡情高歌的小青藤，時不時直戳我內心深處的提問，對我而言意義非凡。

我不會忘記的。

「你記得就好。」王松竹懶散地揮了揮手。

「不會。」小青藤溫柔地說著。

「謝謝你們。」

從這兩句話足以看出兩人的差距。

正事辦完了。窗外雨聲滴答滴答，室內開著空調，在清冷的溫度裡帶來一絲暖意，氣氛變悠哉了。

我喝著熱拿鐵，望著窗外風景，等雨停。

暫時，不再去想如何追尋白宣。

「這是你們點的餐點喔！」

小青藤點的甜點塔上桌了。三層的西式甜點塔，塔中的盤子堆滿甜食：馬卡龍、巧克力、堅果、水果塔、草莓麻糬。

看起來很好吃。

她拿起叉子將草莓麻糬送口中，露出幸福的表情，雙眼都快瞇成一條線了。似乎是吃到很美味的甜點，她還插了一顆想給松竹吃。

天啊。

在這種觀光區的風景餐廳裡，又是甜點店，這就是最熟悉的場景了。

不是太想看王松竹有沒有用盤子或叉子接過那顆麻糬，還是直接讓小青藤把麻糬送入口中了。

他們四目相對。

我則略帶生硬地別開視線。

為什麼？

……曾幾何時，我居然會開始在意這種事在我眼前發生。

因為白宣不在了、因為寂寞、因為只有我是孤單一人，所以無法忍受嗎？

雖然心裡不是第一次湧起這個想法，但我還是感到意外。

我放下咖啡杯，靠在椅背上伸展肌肉，釋放最近累積的壓力。

小屋裡除了我們這組客人，就沒有其他人了。

雨勢依然。

大雨中的竹子湖一片煙霧，風景朦朧得不可思議，彷彿走出小屋就會踏入另外一個世界。

屬於灰階的世界。

落地窗上倒映著我們三人的身影，在早春午後，陽明山竹子湖的海芋田。

小青藤忽然開始唱歌。

只要她開口唱歌，即使是清唱，也絕對稱得上是享受。我也是第一次在這麼近的距離聽她唱歌。

豎耳聆聽，只偶爾啜一口咖啡。

放空了一切，任憑思緒漫無目的地遊蕩。

小青藤清新而富情感的嗓音，帶給我的感受本來就是在荒野之上降下的細雨。

配合此刻籠罩竹子湖的雨勢，別有一番意境。

聽著，看著。

小青藤的歌聲中透散著透明得難以觸及的惆悵。

明明是輕快的節奏，也只是抒情的歌詞，並沒有太哀傷的敘事，小青藤卻在歌聲中透露出憂鬱。

那憂鬱離我好遠，我根本無法參透。

就像是一隻能在空中飛翔的小鳥，偏偏站在樹枝上悲傷地鳴叫。

不去飛，為什麼？

讓小青藤的歌聲漸漸凝重，愈來愈哀傷的原因是什麼？

……奇怪。

我聽出來了。

她的頭號鐵粉——王松竹肯定也聽出來了。

那就沒有我說話的餘地了，我微微睜開單眼，看著王松竹起身。果然，他一定比我更早聽出了異樣。

輕快中隱藏難以言喻的憂愁，歌聲持續。

小木屋外大雨未休。

一道聽似平靜，卻帶著強大震懾力的聲音從竹簾後方響起。

琴音，是鋼琴的聲音。

渾厚而穩定的琴音，像是寬廣的湖泊，接受了大雨與小青藤的情緒，並溫和地將一切納入懷裡。

同樣極富有生命力的鋼琴琴音，在不知名演奏者的演奏下，將小青藤莫名難過的心情，改變了。

歌聲回到氣質清冷、輕快的模式。

一如她在臺中時的演唱會，她唱出了自己平常所唱的歌。

——直到結束。

小青藤原地發愣了幾秒。

隨後她站起身，快步走向竹簾後方的用餐區。

與此同時，在小屋內處於無意義第三者的我，更早一步發現了他。

識相的我當然選擇了閉嘴，即使我不明白原因。

小青藤走的方向是一般入口，待在原地的我，卻看見了松竹偷偷掀開離我們較遠處的竹簾，從底下鑽了出來。

他的動作小心翼翼，身影又都是躲在餐廳桌子、室內盆栽後方，要不是運氣好，我可能也不會看到。

「噓。」

王松竹邊做出叫我不要說話的手勢，邊快步回到座位上，就像是什麼事也沒發生般開始吃起甜點。

我根本不敢提問剛剛究竟發生了什麼。

等了幾分鐘，有些沮喪的小青藤才從竹簾後方走出來。回到餐桌，她發現了松竹，隨口說道：「你回來了啊。」

「對啊，剛剛去找老闆加點貝果。小青藤，快吃，麵包涼了不好吃。」

松竹體貼地幫小青藤塗上果醬。

或許是因為唱完歌，又配合了那樣溫暖的琴聲，聽著雨聲，吃著點心，小青藤的心情很快就恢復了。

我們有說有笑地度過等雨停的時間。

天漸漸藍了。水氣漸漸散了。雨漸漸停了。

我們等到雨停，才重新走回海芋田裡。因下過雨的關係，整座竹子湖的風景染上了雨的痕跡。

環境更加寂靜，聽不到其他旅人的聲音，也看不見其他身影。

空氣變得清新，微風拂面而來，帶著泥土的芳香。

海芋沾上了雨水，順著花苞與花莖滑落。

視線一轉，我們腳踏著因雨而形成的泥濘，走向非私人園子的海芋田——那是一片更大的海芋田。

真正漫山遍野生長的野生海芋。

早已恢復能量的小青藤見到這個風景，輕快地向前跑了幾步，又像是想起什麼似地停了下來。

她回眸一望，隨後折回原地。

「跟我一起去啊。」

不等回應，小青藤拉起松竹的手，不容分說地往海芋田跑去。

上一次看到這麼青春的畫面，又是在什麼時候了？

我搖搖頭，想不到吶。

小青藤乾脆地展露自己的情緒，坦率到令人稱羨的地步。

我想起了白唯。

不同於小青藤這樣，盡情地依靠松竹、在松竹面前表現出真實無偽的自己、向松竹坦露出脆弱的一面。

白唯的個性則是爽朗乾脆，活潑大方。

她永遠都是那副個性。

「是說……」

望著他們在海芋田裡散步的背影，我突然有了一個靈感，嘿嘿。

我拿出手機拍下他們的背影。

**Youtuber** 歌手小青藤 **X Youtuber** 風霜菇。

雖然他們還不像白宣這麼知名，但應該能引起一些話題吧？有機會這張照片也可以嚇嚇他們。

結果，那天我們待到接近傍晚才坐車離開。

那是最後一班公車。

車上，疲倦的小青藤，靜靜靠著松竹的肩膀，雙眼輕閉睡著了，一副毫無防備的模樣。

他們兩人坐在一起，我坐在鄰近他們的座位。

有些問題無法擱置在心裡。

「吶，松竹，我想問一件事。」

「說吧。」

「你彈鋼琴這麼神，為什麼不告訴小青藤？」

「哈哈，連你也在意啊。」松竹看了熟睡的小青藤一眼，隨後神色複雜地看向窗外，淡淡地說道：「我不喜歡彈琴。」

「不喜歡？」

我張大雙眼，不太相信地確認。

這次得不到他的回答。

相處這麼久了，松竹的脾氣與習慣我瞭若指掌。他不想回答，因為那只是在確認早已知曉答案的提問。

「這樣啊。」

我點點頭，向後靠著柔軟的沙發椅背。

這次的海芋田之旅，我找到了白宣埋藏在大芋園裡的線索——那幅直指宜蘭的畫。

而我堅持想拍攝一支影片，在「追逐夜星的白宣」頻道發布，完成我與白宣幾個月前的影片企劃。

製作影片需要的素材收集了很多，只需要回去編輯影片了。

對我個人而言，目的圓滿完成。

但對於小青藤與松竹之間的矛盾、他們各自遇到的問題……我深深吸了一口氣，吐出的氣息化為白煙在半空消散。

有解決了嗎？

雲霧迷濛、煙雨籠罩竹子湖之際。

小青藤在屋內輕聲唱歌，難過的嗓音、憂鬱的歌聲，因悲傷而顯得疲倦的她，與中間插入的琴音。

琴音一出現，就接納了身陷情緒泥沼的小青藤，如同雲間灑落的光，透出溫暖的光芒。

那是足以與她一起登上舞臺、為她伴奏的琴聲，偏偏……

事情永遠比想像複雜吶。

晚上，我們在捷運站道別。

我要直接回家，而小青藤與王松竹兩人打算去附近的花卉公園約會。

「素材記得傳給我。」

「小事。」

松竹淺淺地笑著。

自從彈了鋼琴之後，他的神情似乎發生了一點變化，看起來不再對許多事都無所謂，輕浮自在的笑容、隨興至極的姿態，都變少了。

取而代之的是似有心事的模樣。

他的心事，八成與小青藤有關，但小青藤正在他身邊，我不適合幫他們做什麼事吶。

我揮揮手，目送他們的背影消失在遠方。

即使已經回到平地，夜晚的城市依舊寒冷，捷運進站時颳起一陣冷風，我忍不住裹緊外套。

走進車廂，靠在淺藍色椅背上，我開始回想寒假至今的旅程。

迷迷濛濛之間，到站的提示鈴聲響起，我睜開不知何時輕輕閉上的雙眼。這趟旅程還沒有結束，也不知道何時才能結束。

連日奔波了這麼久，今天回家就好好睡一覺吧。

# CHAPTER 3

## 她的妹妹

今天是寒假裡少數能睡到自然醒的一天。

真是的，這樣還能算是寒假嗎？

客廳木櫃上擺著幾包之前買的咖啡豆，來自學校附近一間老闆親自烘焙的咖啡豆專賣店。

想了幾秒，我拿下薇薇特南果。

薇薇特南果豆帶有淡淡花果香氣，喝起來口感柔和。

將咖啡豆倒進手搖式磨豆機，轉動手把，磨豆機發出喀喀喀的聲響。手磨著豆子，百無聊賴的我開始思考今天要做什麼。

果然還是去白宣家一趟吧。

可以和阿姨說說尋找白宣的進展。

除此之外，我也有事找白唯。

要去下一個地方，如果沒有告訴白唯，她事後知道一定會不開心吧。竹子湖的行程我有拍影片、邀請了小青藤這些理由……下一個地方就沒有了。

我也想起在東海岸與綠島的回憶。

那一趟旅行，從在綠島港口遇到她開始，我就被她改變了不少。

至於下一個要去的地方？

白宣在大芋園藏起來的水彩畫，暗示著我與她曾經一起去過的宜蘭民宿。

嗯，先去那裡再看看下一步怎麼走。

磨好豆子，我拿出濾杯與濾紙，緩緩注入熱水。

毫無雜質的黑咖啡流瀉而出，漸漸注滿咖啡杯，乾淨而純粹的氣息撲鼻而來。

「好了。」

我喝了一口，拿著杯子走回房間。

微弱的陽光穿透了水藍色窗簾，映入室內，微小的塵埃粒子在光芒下無所遁形。窗簾隨風搖擺，整個房間都透散著碧藍色的光芒。

很美的藍色。

我把咖啡杯放到桌上。

一段時間沒回來，連書桌都有種好久不見的感覺。

桌上疊了幾本書，像座小山，都還沒有時間看。書旁邊放著筆記本與散落的文具。

我打開筆記型電腦，拿起手機。

手機上，王松竹發來了訊息。

「透光，我把去竹子湖拍攝的所有影片素材都放上雲端了。」

「OK，我剪好影片會先傳給你看。」

這樣回應該行了。

我用筆電打開「追逐夜星的白宣」粉絲團，瀏覽上面的訊息，白宣最後一篇更新停留在寒假開始的前一天。

最近的留言裡，追問白宣到底去哪的人愈來愈多。

好多人都在等白宣出現。

「包括我。」

靠向椅背，與螢幕拉遠距離，我凝視著白宣放在粉絲團上的形象圖。

也是她 Youtube 頻道的形象圖。

圖裡的白宣坐在不知名沙岸上，雙手環抱著膝蓋。

淡栗色髮絲隨風飄舞，在半空牽引成一條美麗弧線，而另一部分髮絲藏在她頸後的灰色連帽裡。

她的表情像是在追憶某些消逝的事物，混合著憂鬱與悲傷，彷彿思緒飛向了遠方。

實在太久太久沒有看見白宣，我的視線在照片上停留了許久，不由得啞然失笑。

我們是距離最近的兩人吧。

甚至毋須加上曾經。

我與白宣的距離，一定比她跟任何人都近。

即使如此，白宣跟我之間有時還是有一道若有若無的隔閡。這麼多天沒看見她，只讓我更加想到這點。

手機螢幕亮了。

是王松竹傳來的訊息。

「你有看見粉絲團上，在講白宣的那篇文章嗎？」

「沒有。」

「天啊，你這樣萬一哪天你們出大事，你第一時間也看不到。」

「不是還有你嗎？連結交出來。」

「……拿去。」

王松竹丟了一個連結過來，我點開網址。

「消失的白宣，墨跡正在找她？」

這標題……

我嘆了口氣。

這篇文章是發表在別人的社群網頁上，有人將它轉貼到追逐夜星的白宣粉絲團留言區。我看了看發文者的大頭貼，有點眼熟。

名字是張新御。

「喔，是他啊。」

看到名字我就有印象了。

是我和松竹在高美濕地找線索時遇到的男生。

當時他帶著一臺相機，手拿筆記本，看起來像在調查什麼事的模樣，讓我印象很深。記得看起來比我年長幾歲。

我開始讀起文章。

消失的白宣，墨跡正在找她？

寫在前頭，我是白宣的粉絲，算不上鐵粉，但是看白宣的頻道好幾個月了。最近好多人都在問白宣去哪了，甚至懷疑她是不是遇到意外，但我懷疑白宣的消失是她自己躲起來了，為了某個不清楚的原因。

雖說如此，她可能有留下線索給跟和她一起製作影片的伙伴，也是她的同班同學——墨跡，讓墨跡照著線索去找她。

為什麼我會這麼推測？

這個寒假，已經很多人在「追逐夜星的白宣」頻道去過的地方看到墨跡，這不用我特地貼出證據，大家搜尋一下就有資料。綠島、東海岸、高美濕地，都有傳出看過他的消息。

他身邊有時候有其他同伴，有時是一個人，似乎在找東西。

前幾天我人在臺中，看到有人說在臺中發現墨跡的身影。

白宣在臺中目前只拍過一支影片，是在介紹清水的高美濕地。抱持著調查的精神，我一大早就去高美濕地守候。

高美濕地那麼大，時間的不確定性又那麼高，我明白自己說不定會白忙一場。

但這就是命運，只要事情可能發生，即使是千萬分之一的機率，它還是會發生。

非常神奇地，我在高美濕地遇到墨跡了。

他身邊還有風霜菇，是另外一個Youtuber。

我和墨跡聊了一陣子，讓我更確定了——他在找白宣，而且搜尋的地點都是他們曾經拍過影片的地方。

下一個地點在哪，墨跡之後會去哪裡找白宣？

探險、冒險、搜尋，都是白宣在影片裡做過的事。

我們這些粉絲一起找她，也很符合「追逐夜星的白宣」頻道的形象，這可能就是白宣希望我們做的事。

目前我成立了一個群組，有興趣的人就留言吧！

讀完文章，我徹底傻眼了。

這是在揪團找白宣嗎？

消失，讓人去找她。嗯，的確很像白宣會舉辦的活動。

她過去也辦過類似的粉絲互動遊戲，在某個地方放下獎品，讓附近的粉絲去尋找，第一個找到的人就能獲得獎品。

但這次不是。

她是真的躲起來了。

看到這篇文章，我不禁懷疑之後的旅程能不能順利進行。萬一粉絲大量在那些景點出現，一定會影響到我。

更何況，我不能比他們晚一步找到線索。

他們手上沒有白宣的提示，但人一多什麼事都可能發生。像是東海岸的那座城堡，要是當初很多粉絲往那跑，早就被發現了。

「這好像有點嚴重。」

我回覆了訊息。

「看完了，之後怎麼樣再說吧。」

「我們去竹子湖的影片你打算什麼時間上？」

「有差嗎？」

「那支影片一放上去，你們頻道的粉絲就有東西看了，只要說白宣因為個人原因請假幾週，跑去響應張新御的人會比較少吧？」

「也是。讓我想想。」

我傳了一個思考中的貓頭鷹貼圖給他，然後把手機丟到床上。手機一直在身邊，要認真工作是不可能的。

要我害怕張新御揪團找白宣，也是不可能的。

白宣會希望發布那樣的消息嗎？

不會。

她只是因為私人原因請假幾週而已嗎？

也不是。

不管是白宣的意願，還是我本人的想法，都不會發出松竹舉例的訊息。張新御和頻道的粉絲要來找白宣，那就找吧。

沒關係吶。

白宣肯定不會在意。

我移動滑鼠，從雲端下載松竹辛苦拍攝的素材。

那是我與小青藤還有他一起踏進竹子湖後，他拍下的大量照片與影片。

我們合作很久了，他很瞭解我與白宣剪輯影片時的喜好和所需要的材料，加上他本身就是Youtuber，拍下的素材也非常實用。

我看了看時間，約莫早上十一點。

「就先開始剪吧。」

剪輯影片非常耗費時間，常常十分鐘的影片，就得耗費將近半天來處理。影片若有大量長鏡頭，那比較省事，但要是想加上後期配音，片段又分得很細，就稍微棘手了。

我回憶起昨天一起深入竹子湖的畫面。

光景流轉而至，煙雨環繞群山，灰濛濛的天空轉為天青色，彷彿進入了昨天那趟旅程之中。

很好，這樣算是進入狀況了。

打開網頁播放下雨的白噪音，我就這樣聽著雨聲，開始剪影片。

這是很孤單的創作過程。

只能獨自一人。

平常白宣在的話，我們總會在同一個地方剪片。

不為什麼，只是這樣才不寂寞，才不無聊。

要是她做一個部分，我做一個部分，那她做到一個段落就會伸手戳戳我，還會湊過頭來看看我在幹嘛。

時間充裕時，我們會坐在一起，邊討論邊剪片。

她會說這裡該要用什麼畫面，要放什麼特效，該不該加快速度，也常常問我想要呈現的是什麼。

對我而言，那是最快樂的時光。

我意識到嘴角有些僵硬，不由得有些落寞。用一句話來說就是，覺得失落。

「妳現在在做什麼呢？」

有多久沒有……不，這似乎是我第一次一個人剪片。

我忽然察覺到這一點。

在遇見白宣之前，我沒有剪過影片；在遇見白宣之後，我沒有自己剪過影片。

即便自言自語也好，現在的我卻連一個字都說不出來。連自言自語的能力也失去了。

不再陷於過去，我開始工作。

一忙碌起來，時間很快就過了，肚子發出飢餓的抗議。

看向時鐘，兩點了。

咖啡杯早就空了。

我關掉影片編輯軟體，起身伸了一個懶腰，活動筋骨。倒在床上幾分鐘後，從棉被堆裡翻出手機。

該出門覓食了。

吃完飯，還有一個地方要去。

走在初春的街道上，我拿出手機，滑了好久試著找尋她的號碼。找了一陣子後，我看見了「白宣的妹妹」這個稱呼。

白宣的妹妹。

「原來之前我是這樣輸入的啊。」

我撥通電話，另一頭過了一陣子才接起。

「哎呦，居然是憂鬱青年，難得主動打給我。」

「妳這個稱呼我不承認喔。」

「那你希望我怎麼叫你？」

「隨便啦，像之前一樣叫我名字啊。」之前不都是這樣嗎？我無奈地問道：「妳在哪裡？在家嗎？」

「在家是在家，只是我要去吃飯了。」

「我也要吃飯，約在妳家附近轉角那間披薩店吧。」

「咦？我是你這樣隨便約就約得到的人嗎？」

我把手機暫時離開拉遠一點，嘖了一聲。

基於基本禮貌，嘖是可以讓她聽到，但必須讓她知道我有在克制。

在東海岸分離之後，我還沒有遇過像白唯一樣鬼靈精怪的人。

嘖完後，我心平氣和地說：「白唯，希望我可以約妳吃頓飯，跟妳聊聊我們在東海岸分開之後的事。我和松竹去了高美濕地找尋線索，之後在臺中又邀請一個 Youtuber 歌手加入隊伍，一起去陽明山竹子湖拍片。」

「是小青藤，我知道。」

手機那頭的聲音十分雀躍，聽得出來白唯對小青藤有特別的反應。

「妳有聽她的歌？」

「不只有聽，我超喜歡她的！從她的訂閱數還只有幾百時我就開始追蹤她了！呃，你們那個叫王松竹的同學，常常推薦小青藤啊，從一開始就幫她大力宣傳。」

「剩下的我們見面聊吧。」

「好。」

白唯答應後掛上了電話。

我們約在白宣家附近的窯烤披薩店見面。除了披薩，餐廳亦提供義大利麵，還有咖啡跟茶等下午茶。

現烤披薩的口感非常好。

店外擺放著一個小黑板，上面用粉筆寫著今日限定餐點。整間店的外牆裝潢以深棕色為主，十分低調。

在店外等了五分鐘，想了幾秒，我走進店裡。站在外面吹風真的沒意義，不如去裡面等白唯。

當我正要走進店內時，聽到不遠處傳來「我來了、我來了」的聲音。

轉頭一看，果然是白唯。

可愛的高馬尾隨著她的小碎步加速而搖晃著。

初春的街道上，今天的氣溫依舊寒冷，白唯穿著柑橘色的外套，下半身是米色的短褲搭配黑色長襪，包覆整雙長腿。

我立刻轉了個彎，走到小黑板前方，佯裝在看菜單的樣子。

白唯跑了過來，臉頰紅通通的。

「所以呢，我離開之後，你有回到之前那副要死不活的樣子嗎？」

「比較少了吧。」

我忍不住笑了，搖搖頭。

白唯與我在東海岸分別時的叮嚀，言猶在耳。

——我離開之後，你會回到之前那副要死不活的樣子嗎？

——不可以再那樣子了。

聽了我的回答，白唯滿意地點點頭。

「不錯，有進步。是說這間店我和朋友放假時很常來耶。」

「因為味道不錯，店裡的氣氛又很悠哉吧？走，先進去吧。」

「對對，我好餓！」

我們走進店裡，挑了靠窗的位置坐下。

白唯坐在我對面，看著她的臉蛋，我不由得開始想，要是有白宣的粉絲看到我們在一起吃飯，會怎麼想？

——消失的白宣在餐廳和墨跡吃飯！

從寒假就開始消失的白宣其實什麼事也沒發生，不出片也不解釋，所有頻道和粉絲團的訊息都不回，但又可以正常地和墨跡吃飯。

這樣粉絲鐵定會不開心吧？

「感覺不是很好。」

但我也不能現在拿出狐狸面具叫白唯戴上。

粉絲們肯定不知道白宣有個雙胞胎妹妹，何況她們兩人單看容貌，就連我也分不出來。

我真的分不出來。

然而個性上，她們則是兩個對比。

氣質空靈、時而憂鬱的白宣，率真單純、開朗活潑的白唯，說話口吻也有落差。穿著上最鮮明的差距是，白宣總是露出長腿，白唯則會像今天一樣穿著襪子。

店頭有一座現烤披薩的窯，我和白唯各自點了一個口味。

兩杯綠茶放在桌上。

我拿起無糖的那一杯。

白唯拿起正常甜度的那一杯。

趁著披薩進入窯中，我向白唯講述了我在高美濕地與竹子湖的旅行中，找到的線索。

有一些事情我沒有說明。

像是，我邀請小青藤的理由。

白唯聽完後嘟起嘴，露出不太開心的模樣。

我面露不解。

這又是什麼微妙的反應？

白唯嘟完嘴，雙手放到桌上，視線直直勾地盯著我，她不是會鬧彆扭的女孩子。

「竹子湖和高美濕地，我也都好想去。」

「是有點可惜。」

「可惡，我居然都錯過了。」

「這應該沒有嚴重到需要咬牙切齒地說吧。」

「去高美濕地的時間我回家了，去不了也沒辦法，但你們來臺北之後去的竹子湖，明明可以找我的喔！」

白唯懷疑地瞇起眼睛。

這種爽快展露情緒的個性，都讓她顯得討喜。很可愛的性子。

我莫可奈何地笑了，攤攤手。

「欸，我們寒假一起在綠島和東海岸玩很久了喔。去竹子湖也不是不找妳，是因為很臨時，又需要拍影片的緣故。」

「好吧，那下一個地方呢？要去哪？」

白唯雙眼閃亮亮地問道。

「這就需要給妳看看在竹子湖找到的線索了。是一幅畫，放在透明的畫筒裡，綁在海芋上。」

我拿出手機，點出圖片遞給白唯。

「紙是宣紙，使用透明水彩在紙上描繪。」

背景是一望無際的藍天。

阡陌之間有一棟美麗的白色民宿，民宿前方是整片翠綠色的蔥田。長滿青綠色蔥苗的田裡插著兩支稻草人，帶出濃濃的農田風情。

白唯凝視著那幅畫。

秀眉輕輕蹙起，僅僅出現了幾秒鐘。

「這是宜蘭嗎？」

「我想是。」

「水彩啊……我小時候曾經和姐姐一起上過畫畫課，不過之後我沒有再去了，只有姐姐一直學到現在。家裡應該有保存她的畫，我回去後拿來比對比對，這大概是我姐的作品沒錯。」

「是不是她畫的倒不重要，重要的是她的訊息確實傳達出來了。我現在才知道，她會畫畫啊？」

我好奇地追問，這是我第一次聽到這件事。

白宣從來沒有提過。

白唯默默地點頭，拿起茶杯，貝齒咬著吸管上緣。

「我姐從小就很喜歡創作。」

「嗯，我知道。她有和妳說過嗎？我們第一次認真的交談，就是因為我看到她一個人放學後在圖書館剪片。剛開學喔，她特地挑了沒有人的區域，在一片靜謐的空間裡埋首創作。」

那也是我第一次被她吸引。

當時的白宣，就已經美得讓人屏息。

猶似一個漩渦，一旦踏入，就再也無法離開。

糟糕，一聊起這個話題，我恐怕會說個沒完。在白唯面前這樣不太好，現在的我學會了這點。我停下話題，喝起綠茶。

披薩上桌了。

我點的口味是彎月四騎士。像是兩輪彎月的嫩薄餅皮，上面撒上了莫扎瑞拉、帕瑪森、切達與乳酪起司。

白唯點的是瑪格麗特，傳統的口味搭配經典的義式薄脆餅皮。瑪格麗特披薩的配料是番茄與九層塔，與白色起司剛好組成了紅、綠、白三種顏色。

誘人的起司香味飄散。

雖然是各自點的，但我們早已說好要交換吃。吃了幾口彎月騎士後，我用紙巾輕輕擦嘴。

「話說回來，剛剛那張圖妳也猜是宜蘭？」

「你心裡不是有答案了嗎？」

「咦？妳怎麼知道我心裡有答案？」我一陣納悶。

「哈哈。」白唯邪惡地勾起嘴角，「看吧，你心裡果然已經知道答案了。」

我有些無言，竟然被白唯套話了。

「好吧，我的確知道白宣指的地方是宜蘭的民宿，但我想問的是，以旁人的眼光看到這張圖，會覺得是哪裡？」

白唯偏過頭，柑橘色的薄外套沒能遮住她的鎖骨。她用手指敲了手機螢幕兩下，指著圖片上的蔥田。

「畫的背景有綠色蔥田，又有這麼大一間民宿聳立在田野之間，這是宜蘭最常見的景色吧？」

「嗯，的確是宜蘭的民宿。」

我收起手機，啃著盤子裡的彎月騎士披薩。吃完一片後，我把裝著另外一輪彎月的盤子推給白唯。

「妳吃吃看吧，他們家的起司味道很棒。」

「唔，好喔，先放著。」

「那間民宿在宜蘭夜市附近，騎腳踏車不用十分鐘。我和白宣去宜蘭玩時住過，不論是民宿的外觀，還是前面的田裡插著的兩支稻草人，我都很有印象。」

白唯捏著披薩的手指懸在半空。

她突然換上很有興趣的表情。

「……你們一起住？」

「對啊。」

「那你們睡在一起嗎？」

「睡同一間房，但是分開兩張床……為什麼我要回答妳這麼細的問題？」

「不得了不得了，想不到你們的關係已經這麼親密了，哇嗚！覺得害羞！」

白唯以讚嘆的語氣進行嘲諷。

今天的白唯說話真是沒有極限地麻煩。

我決定擱置這個話題。

「總之我確定下一個線索在宜蘭。但和之前一樣，白宣沒有留下其他提示，只知道要先去那裡。」

我實話實說。

反正依照目前的經驗，到了之後都能找到線索。

「怎麼樣？妳想跟我一起去嗎？」

「宜蘭平原的民宿啊，我還沒住過呢。」

白唯伸出舌頭舔掉手指上的起司與番茄，再拿起一旁的濕紙巾擦手。

喝了一大口綠茶後，她定眼看著我。

是那種一看就知道有事要說，而且不是小事的麻煩眼神。

唉，畢竟是我主動邀請白唯一起去宜蘭，還是忍著點。

「柳透光，最近我體會到一件事。」

「什麼事？」

「我姐去了好多我沒去過的地方。自從我在綠島遇見你之後，我們一起逛了整座綠島，又去東海岸待了一陣子，那些都是姐姐曾經去過的景點。」

「嗯。」

「感覺起來，我和姐姐的人生經歷差了好多好多……」

「因為妳姐是白宣吶。」

我不由得笑了。

畢竟，能有多少高中生像白宣一樣走遍臺灣？

又能有多少高中生靠著做旅遊、密境探險型的影片，可以獲得超過五十萬的訂閱？

白唯沒有笑，而是露出不解的神情。

她很少會陷入深思。

「可是我姐就是白宣，就是那個追逐夜星的白宣。我當然知道每個人都不一樣，沒有比較的意義，只是經歷差這麼多，讓我感覺好奇怪喔。」

「看來妳也陷入了迷途。」

「迷途？」

「嗯，人生的迷途，和我一樣。」我其實沒有多想，只是順著心中的想法隨口說出來罷了。

脫口而出後，反倒有點害羞。

什麼迷茫，什麼人生的迷途，說得好像我真的陷入了深刻的迷惑，不知如何是好。即使真是如此，這似乎也不是能隨口說出的事。

我用手遮住臉孔。

白唯卻深感贊同似地點頭。

「用迷途來形容還滿像的，我喜歡。你說要去宜蘭平原的民宿，預計要去幾天啊？」

「在民宿住宿至少一個晚上，找線索不知道要花幾天。依照經驗，不會花超過兩三天啦。」

「我接下來一週左右都沒事……應該可以！」

達成共識，談話也到一個段落了。聽著白唯閒聊生活瑣事，我們吃完剩餘的披薩。

「柳透光，明天約下午？」

「好，就下午吧。睡飽一點。」

在店門口，我們約好了明天在車站見面，一起坐客運前往宜蘭。

趁著時間還早，我漫步回家，途中還買了一杯果汁。

竹子湖海芋園之旅，剩下的剪片作業今天不可能完成了，除非熬夜。但連日來都在各地奔波，我沒有充沛的體力可以應付，何況明天還要去宜蘭。

慢慢完成吧。

再不行，帶著筆記型電腦去宜蘭試著剪完吧。

走在街道上，我望著路旁兩側的行道樹與花圃。季節真的慢慢進入春天了，肌膚也感受著絲毫不冷的春風。

走在路上，我傳了訊息給松竹。

松竹以前是通訊軟體上和我聊天頻率第二高的人，因為白宣不在，他現在已經正式成為第一名了。

「下一個要去的地方是宜蘭民宿，我會和白唯一起去。」

「喔，你們約好了？」

「約好了。」

「竹子湖的影片呢？你沒時間剪的話，要不要我幫你後製？」

「還是先讓我自己試試看吧。畢竟『追逐夜星的白宣』的每一支影片，都是我跟她一起剪的，還沒有我們以外的人負責過。」

「瞭解，有需要幫忙跟我說。我會幫你關注網路上那個張新御的後續動作。」

看到這段話，我傳了一個點頭道謝的貓頭鷹過去。

手機放回口袋。

影片還沒有剪完呢。

宜蘭近幾年致力觀光發展，大量飯店業者進駐，民宿也大量湧現。除了平原田野之中的鄉間別墅，礁溪一帶結合天然溫泉的飯店與民宿也很多。

礁溪溫泉很有名氣。

不同於北投溫泉，宜蘭礁溪的溫泉沒有味道、沒有顏色，泡起來對皮膚非常溫和，溫泉裡的物質對肌膚很好，有美人湯之名。

在冬末春初來泡溫泉，光是想想就很幸福。

直達宜蘭的遊覽車到站了。

我背著背包準備起身，白唯已經拎著紅白配色的圓筒形波士頓包，輕快地躍下車了。

「柳透光，快點。」

……居然催我？

玩心大起的白唯像極了天真無邪的小孩子。她心急的模樣固然可愛，但正因如此，我想看看她的其他反應。

我故意減慢下車的速度。

白唯一眼就看出來了，雙手抱在胸口前，換了個語氣。

「透光兒，快點。」

這是我很熟悉的口吻。

「透光兒，快一點，拜託。」

「……好啦，別再叫了。」

她在模仿白宣。

身為雙胞胎妹妹的白唯，和白宣有著一模一樣的外表。當她學起白宣的聲音，使用白宣的說話語氣，或許一般人無法輕易分辨。

但我可以。

我三步併作兩步走下車，一個沒站穩，趕忙伸手扶住白唯的肩膀。

等到我站好後，她探前身子，露出小惡魔般的笑容。

「早知如此，何必當初。」

「是……」

被白唯催促之後，還被教育了。

這趟宜蘭之旅開頭真是淒涼。

「好啦，GOGO！」白唯開心地指向前方。

頭城老街的方向。

我們走出頭城轉運站，站上了觀光客來來去去的頭城街道。

這裡，高樓不再林立。

頭城街道的風景樸實而老舊，低調而秩序，不遠處，有條由磚瓦平房構成的老街。

紅磚顏色斑駁，時光流逝的痕跡深深刻在上頭。

老街混和了各個時代的建築風格，跨越了清代、日治昭和時代、日治大正時代，直到現在。

白唯眨眨雙眼。

我看了她一眼，不禁有些迷茫。

白唯的注意力飄向遠方，思緒也隨之而去。一頭柔順的栗色髮絲向後飄揚，露出她細緻的側臉與覆蓋於長髮下的耳朵。

一顆橡樹果實化成了耳環，別在白嫩的耳垂上。

好特別的耳環。

這樣子像極了白宣。

「我們要先租車對吧？」她問。

「理論上是。」

我轉頭看向周圍的租車店。

來這裡的觀光客學生居多，多半使用腳踏車、電動車代步。依照預定計畫，我與白唯也要租一臺腳踏車。

但是，我順著思路往下說：「妳想逛老街？」

「嗯，我想先逛一逛這種氣氛的老街。」

「那就走吧。」

我示意白唯放心行動，不用在意所謂的旅程安排。

那種東西一點也不重要。

我跟在她身旁，看著老街，同時不著痕跡地觀察她。

與白宣不同，白唯深入景點時不會拿出相機拍攝，更不會用3C產品記錄心裡覺得美好的地方。

她連手機都沒拿出來。

就只是看著，聽著。

用心，感受。

用雙腳踏上頭城老街，用雙手輕撫老舊平房的一磚一瓦。

街道上的瓦片縫隙，偶爾會長出一朵小花。

從指尖傳來的微弱觸感，與好不容易吹進老街深處的春風，彷彿在訴說著開蘭第一城盛極一時的昔日繁華。

回過神。

這條老街除了我與白唯，再無他人。

如今頭城繁榮落盡，漸漸衰落，但依然確實存在在這裡。樸實、低調而有序地存在。

心念一動，嗯，這是難得一見的體驗。

最後，來到頭城老街盡頭，白唯如燕子般輕快地沿著街道紅磚飛向終點，不知穿越多少從前的商家與富豪故居，又不知經過多少個居民合力建設的百年福德祠。

她在盡頭處轉身，雙手負於身後，瞬間我有些失神。

「走吧。」

「嗯。」

在車站前，我們租了兩臺電動腳踏車，騎不動或是想休息時，都可以切換電動模式代步。

順著頭城車站旁的小路，我們一路往民宿騎去。

民宿不遠，我們在車站附近的城市景色停留的時間很短，沒多久左右兩側的風景就變成了田園風光。

寧靜的田野占據了視線，一排排蔥田與稻田，單純地呈現了宜蘭的在地風情。枯黃的稻草一捆捆地堆在田邊，翠綠色的宜蘭蔥苗迎風搖擺，形成了美麗的田園色彩。

白唯騎在前頭。

她依然穿著那件柑橘色的薄外套，搭配著淺灰色的棉質長褲，腳穿著一雙三條橙色條紋的運動型板鞋。

她喜歡暖色系的穿著，我忽然意識到這點。

跟白宣相反。

「柳透光——」

白唯的呼喚傳來。

「怎麼了？」

「你看你看，右邊那些光禿禿、沒有在種東西的田是怎麼回事啊？」

「剛收割完，或是在休耕吧？」

「收割我知道，休耕是什麼？」

「休耕就是想讓土地休息，暫時不種東西了。也可能是轉去種其他植物，像是種花卉、綠肥，甚至是番薯。」

「番薯啊，好久沒吃了。」

白唯以帶著懷念的複雜口吻回應。之後她不再說話，就只是沉默地騎著車。

十多分鐘後，我們終於看見了那棟別墅。

在田埂之間的民宿，獨棟，三層樓高，周圍沒有其他建物。

外牆以白色為底，稱不上豪華，更像是一間鄉下隨處可見的三層樓透天住宅。

從遠處看去，占地並不小。

平原田埂之間的主要道路突然分出一條小道，我們轉入小道，直達別墅所在的位置。

「柳透光，就是這裡對吧？」

「嗯，到了。」

我們躍下腳踏車，將車鎖在別墅前方的四方形空地。

「耶，柳透光，你看那邊！」

我順著她的呼喊，看了過去。

別墅右邊的稻田剛收割完，地上堆滿枯黃的乾稻草。白唯就像是發現了新奇事物的小女孩，跑進了乾稻田裡。

她低著身子，一步步走近稻草堆，伸出手摸了摸。

「妳是第一次走進剛收割完的旱田裡嗎？」

「第二次。」

「咦？看妳這麼驚訝，我還以為是第一次。」

「嘿，柳透光。」白唯縮回手，視線轉而凝視踩著稻田的腳，「上一次我走進田裡玩耍的時候，我還很小很小，可能還沒讀小學。」

「這麼久啊。」

將近十年前的事了。

「那時候，我姐也有走到田裡。」

「是喔。」

我不感到意外，白宣確實是會走下田裡的人。

是說，幼稚園的白唯，跟幼稚園的白宣，她們兩個人一起在稻田裡玩耍會是怎麼樣的畫面吶？

「我們先進別墅裡看看吧。」

「對吼，和屋主約定的時間都過了！」白唯一個躍步，跳上了別墅前方的空地。

我們往大門走去。

這時我才注意到，別墅門口擺有兩張搖椅。

如果能在夜晚時分，迎著涼爽的春風坐在搖椅上，仰望毫無光害的璀璨星空，與眼前一望無際的孤寂田園……

唔，好想試試。

我按了兩下門鈴，屋主從門後現身。

「您好，我是柳透光，先前有向您預約住宿。」

「啊，是柳先生嗎？請進。」

與所有包棟式的民宿一般，屋主親自遞給我們鑰匙，約好了最後一天的離去時間，同時耐心地帶我們參觀別墅。

一樓的餐廳緊鄰田地，坐在餐桌邊，隔著窗戶往外就能看見一畝畝農田。客廳十分寬敞，其中一面牆使用了整面的落地窗，再接上日式簷廊設計，推開窗戶，大自然風情即在眼前。

半躺在簷廊上，遠望屋外的農田風情，肯定很悠哉吧。

「就這樣囉，我在冰箱裡放了早餐的食材和牛奶，餐廳裡的食材也隨便你用，有事記得打給我。」

「好，謝謝。另外我想問一件事，嗯……不方便回答也沒關係，我想知道這間別墅上一次租給別人是什麼時候呢？」

「大概一個月以前吧。」屋主想了想，「有一群大學生租了三天，之後就沒有了。」

「喔喔，謝謝。」

看來白宣沒來過這裡。

等屋主離開，白唯與我上了二樓，各自選擇了一間房間。

放下包包，我換上休閒的拖鞋，脫下毛衣，改穿簡便的連帽運動外套。氣溫比想像中溫暖，身子暖和時說不定連外套也不用穿了。

我走回一樓，白唯還沒下來。

趁著空檔，我走進了客廳，從落地窗灑入的和煦陽光照在身上，在這樣的天氣裡，別有一股幸福的暖意。

一望無垠的碧綠色在我眼前展開，猶似小溪的灌溉渠道在田間縱橫，水流清澈得彷彿可以在裡面抓到魚蝦。

我在臺北從來沒看過類似的溪流。

我伸手觸向玻璃。

這時候我看見一雙赤腳，出現在小水流中。

灰色的棉質長褲捲到膝蓋，儘管只露出了小腿，也能看出這雙腿的纖細修長，線條完美而迷人。

是誰啊？

這間別墅方圓幾十公尺，都沒有其他住戶吧？

一陣春風拂過，我看到了她燦爛的笑臉。

「是白唯。」

我不太相信地用手摀著額頭，天啊，白唯居然已經跑出去了？在這種天氣玩水，她不怕感冒嗎？

這破壞了我的計畫。

本來想在別墅裡討論討論找尋白宣的事呢。是什麼事引發的動力，讓白唯比我還快速地換好衣服跑出別墅玩水？擁有這種活力的女孩，我平生少見。

「柳透光，快來快來！」

似乎是發現我在看她，白唯直起身子，朝我招了招手。我推開落地窗，跨過簷廊、踏出別墅，一路走到她身邊。

光是想到水有多冰，我就沒了興致，也只有她才會這麼興奮吧。

我沒有踏入水流的意願，只是站在田埂上往下望。

「妳有看到什麼嗎？」

「好多小魚。你看，在我的腳底附近游來游去。」

「乾淨的水流有時候還會出現蝦子喔。愈清澈的水，種出的蔥也愈好，這代表附近的水資源保護得很好。」

我伸出手，想將白唯拉上來。

白唯似乎沒意識到我在做什麼，先是愣了一秒，隨後才換上天真無邪的笑容。

當一個女孩子對他人露出這種笑容，沒有人有辦法抵抗。

「你不下來嗎？很好玩喔！」

「不了。」

「好，那拉我上去。」

白唯抓住我的手。

我疑似看到一個不懷好意的笑容，但我沒有想到她打算做什麼。纖細的手攀上我的手腕，沒有停止，又往前挪動了一段距離。

「咦？妳……」

「你以為我會讓你逃走嗎？」白唯露出她典型的頑皮笑容，彷彿身後生出一條狐狸尾巴。

是啊，她一直是條狐狸。

手上傳來一陣拉力，本來就探前身子的我失去重心，往前一跌，一時腦中一片空白。

白唯伸出雙手似乎要扶我，但負荷不了突如其來的重量，她往後一跌，我往前一摔，雙雙倒在淺淺的水流之中。

白唯整個人躺下方。

我用雙肘的力量強行撐住上半身，沒讓自己靠到她身上。

「……」

「……」

漂亮的栗色髮絲一部分擱在水中、一部分擱在胸前，雙眸清澈得不可思議，細緻臉蛋正由白皙轉為紅暈的白唯。

她別開了視線，雙手不知所措地放在胸前。

「好冷，你快起來啦！」

「妳以為我會讓妳逃走嗎？」

「你……」

她緊抿著嘴唇。

「哈哈，我只是在學妳說話而已。」我笑著從水流之中站起。伸出手，這一次真正地拉起了白唯。

白唯站起身，全身濕漉漉的，頭髮和衣物都不停滴著水。她脫下幾乎濕透的外套，露出裡面也稍微變得半透明的白色長T。

長T上印著一顆大草莓，很有她的風格。

白唯擰掉頭髮上的水。

「真是的，全身都濕了啦。」

「妳趕快回去民宿換衣服，頭髮也要吹乾。記得穿厚一點，不要感冒了。」

話說才完，白唯剛好打了一個噴嚏。

她哀怨地抬頭望著我，「好冷喔，嗚嗚。」

「真是的……啊，我有一個好方法。」

好久沒有做那件事了。

我站上田埂，望著這一片空蕩蕩的方形稻田。

毫無疑問，這是休耕期的稻田，只有作為綠肥種植的繽紛花朵散布在田中一角。除此之外的土地一片空曠，只有被太陽曬乾的土塊與稻草。

我看了看天色，時間還早。

「白唯，我們來做晚餐吧，順便讓妳取暖。」

「晚餐？在這裡？」

「嗯，我們來做田間的焢土窯。」

「那是什麼？」白唯頓時忘了寒冷，眨了眨雙眼，「我很好奇！」

「焢土窯很好玩，還很溫暖，不過我們要先準備一些食物。我回去廚房準備，妳快去換衣服吹頭髮。」

「好！」

一心想看焢土窯的白唯火速衝回別墅，我在後面慢慢走。

白唯上樓去換衣服，而我進入廚房，打開冰箱確認裡面的食材種類。

焢土窯的形式很特別，食材有可能會接觸到土堆，因此，送入窯中烘烤的食材得先經過處理，裹上錫紙。

一段時間後，白唯下來了。

「柳透光，我也要幫忙！」

吹完頭髮、換好衣物的她，又恢復了原先的活力。

我忍不住露出微笑。

「我發現冰箱裡的食材竟然沒有番薯，妳幫我找附近的農家買幾顆吧。烤番薯可是控土窯的主角。」

「這附近有番薯田嗎？」

「剛剛騎車過來時我有看到，應該在……」我想了想，「妳騎出小道後往左轉，不用五分鐘，看到的第一個農家，直接向他們買就對了。」

「是的！」

白唯幹勁十足地跑到腳踏車邊，踩著腳踏車出發了。

看著她遠去的背影，我忽然意識到一件事。

曾幾何時，我能在經過田園阡陌時，迅速認出這塊農地種了什麼？

跟白宣一起旅行，真的學到了很多知識吶。

我繼續埋頭處理食材，不久後，響亮而明亮的聲音傳入耳裡。

「柳透光，我找到地瓜了！隔壁的農夫阿伯送了我好幾顆，窩哈哈哈哈哈，這下子可以烤地瓜了！」

「嗯，拿過來吧。」

「你準備了好多東西喔。」

白唯帶著地瓜與高采烈地走到我旁邊，看了我一眼，皺眉。

「你怎麼又露出要死不活的表情了？」

「……有嗎？」

「我們再見面之後，你很久沒有露出這副表情，我還以為應該痊癒了呢。唉，憂鬱少年，重新復出了。」

「什麼復出啦。」

我停下動作，吐槽了一句。

或許是因為白唯開玩笑的原因，又或者是因為美好的農田風情，我輕易就拋去了陷於回憶中的陰鬱思緒。

白唯咦了一聲，眨著大眼靠近我，似乎想看我是不是隱藏著什麼情緒。

我往左移了一步。

「別靠這麼近。」

「嗚，我還是第一次聽到有人不讓我靠近。我的同學，不管是男生還是女生，沒有一個會排斥我耶。」

「地瓜洗一洗，用錫箔紙包起來，包好包滿，不要有縫隙。」

「是、是。」

白唯不再糾纏，將懷中抱著的地瓜放到檯子上，開始仔細地清洗。

她發現廚房有一件粉色的料理用圍裙，默默穿上。

「所以妳去買地瓜時，人家有跟妳說什麼嗎？」

「我說要買，農夫阿伯看我很可愛，就送了幾顆給我。」

「很可愛是妳自己編的吧。」

白唯沒有回話，只是不服氣地吐吐舌頭。

處理地瓜的任務並不困難，我重新專注自己手上的料理。

把新鮮的鱒魚洗淨後擦乾，用紙巾吸乾水分，再放到撒了一層薄鹽的錫箔紙上。

薄鹽鋪得很綿密，才能隔開高溫，不讓魚本身烤焦。

鱒魚處理完畢，我遞了四根已剝乾淨的玉米給白唯。

「這幾根也麻煩包起來。」

「好喔！」白唯站在我身邊，和我一起進行焢土窯的前置作業。她看起來十分開心，對焢土窯滿心期待。

「走吧，去田裡。」

民宿前方的空地放著一些農具，我拎起一根鋤頭，擱在肩膀上，走到那塊空曠的田地。

「白唯，我先跟妳說明等等我們要做什麼。」

「嗯嗯，說吧。」

「我要在這裡用鋤頭挖一個洞，再在洞上面蓋一個土窯。」我指著腳尖前方的土地，「這塊田進入休耕期好一陣子了，土壤很乾。妳去找那種被太陽曬乾的大土塊，再找一些稻梗來。」

「只要大土塊嗎？需不需要小的？」

白唯確認似地提問。

「嗯，小的也要。」

「沒問題！」

白唯接下任務，立刻開始動作。

活力滿滿。

距離我們跌進小溪之中到現在，時間大概只過了一小時，四點了。

希望天黑之前，能成功搭好土窯，烤出美味的晚餐。

我們要烘烤的食物不算多，畢竟只有我和白唯兩個人要吃。窯不用太大，洞也不用挖太大太深，沒用多久，足以蓋窯的洞就挖好了。

「需要樹枝吶。」

我走到別墅後方，發現一片很小的林子。

上一次來我就注意到了。

經過幾趟來回，我將樹枝搬到了預定蓋窯的洞邊。這裡就像是個臨時基地，已經堆有白唯帶回來的稻梗與土塊。

看著我帶回來的樹枝，白唯燦笑問道：「嘿嘿，要開始蓋了嗎？」

「蓋吧！」

我挑出兩塊最大的土塊當作基底，沿著基底，以其他土塊繞一個小圓，再把小圓蓋高，就是我們要蓋的焢土窯雛形。

土窯下寬上尖，下面要開洞口放木材和稻梗，頂端也要留一個通風口，讓土窯更快升溫加熱。

我和白唯一人一塊，就像堆積木似地，一塊一塊蓋好了土窯。

我順手拿下尖端的土塊，轉過頭，準備交代白唯下一步動作。

剛堆完土窯的她，雙眼閃亮地盯著土堆，雙手擺放在腰部兩側，彷彿隨時都想繼續蓋土窯一般積極。

她眼裡沒有我，只有土窯。

看到這一幕，我才體會到什麼叫「樂在其中」。也是看到這一幕我才明白，並不是世界變無聊了，只是隨著成長，我們的心逐漸麻木而已。

像是白唯，就永遠不會覺得無聊吧。

她用手戳戳我的肩膀。

「柳透光，下一步、下一步。」

「喔！」

「你，剛剛在發呆？」白唯不敢相信地問。

「沒有沒有，在想該怎麼做而已。」我彎下腰，把樹枝放進土窯下方預留的洞口。

白唯跟著我的動作，似乎也知道要做什麼了。

接下來不用我指示，她將樹枝、稻梗統統放進洞口，甚至不惜趴在地上，也要把枝幹放到最容易維持燃燒的位置。

我把她辛苦撿回來的小土塊，小心地補上大土塊間的縫隙。

大功告成後，我滿意地拍拍土窯的窯身，扎實、穩固。白唯站起身，也伸手摸了摸土窯。

等到她摸完，我遞給她打火機與火種。

「點火吧。」

白唯抿著唇，換上了認真的表情。這是最後一步了。

她把火種放在緊鄰洞口的位置，點火，再用樹枝將點燃的火種推進洞口，也就是窯的最下方。火種的火焰很快蔓延到稻梗上，輕易在窯內引起大火。

看著飄出來的煙，白唯像是想起什麼似地道：「柳透光。」

「嗯？」

「你之前來這裡，也是和我姐一起做這種焢土窯吧？」

「對，這是妳姐教我的喔。」

「那……」

白唯望著我，半邊的臉蛋隱藏在隨風飛揚的髮絲後方，輕聲問道：「跟我一起玩的時候，你也像和我姐一起玩時一樣快樂嗎？」

我壓根沒有想到白唯會問這種問題，一時傻在原地。

為何她會這麼問呢？

但如果是問我今天快不快樂，答案還是很簡單的。
「很開心，一樣很開心。」
白唯長長地喔了一聲，表示聽到了，隨後跑向別墅。
「柳透光，我回去把食物拿過來。照這個火勢，應該等一下就能開始烤了吧。」
太陽漸漸西下。
過了午後，陽光愈來愈微弱，氣溫也更冷了。幸好我們的土窯已經開始運作，待在旁邊，既舒適又溫暖。
拿回食材，白唯蹲到我旁邊，雪白的大腿一覽無遺。她對土窯伸出手，土窯散發的熱氣烘著我們。
「好玩嗎？白唯。」我望著火焰，與飄出尖口的白煙。
「很好玩。」
「哪裡好玩？」
「不管是在頭城的老街散步，在田野間騎腳踏車，入住別墅，赤腳踏進水裡抓魚，還是在田裡蓋土窯烤晚餐……都很好玩。」

白唯以一股輕柔而有力的聲音說道：「對我來說都是很特別的體驗，這就是旅行的意義吧。」

旅行的意義嗎。

我思考著這句話的含意。

白唯期盼的口吻傳來，下定決心似地說道：「所以，柳透光，找到姐姐以後……你還是要帶我出來玩！」

「……哪泥？」

「帶我去姐姐沒有去過的地方。」

「等找到妳姐，這些都不是問題。」我微笑著回應。

土塊終於變黑了，意味著溫度已經足以烤熟食物。

「接下來，要把食物放進去了。」

「嗯，知道！」

白唯將包好錫箔紙的玉米、番薯，一個個放進土窯中。

「好了，都放進去了，再來呢？」

「再來就是擊垮土窯，敲碎土塊。高溫的土塊碎裂後覆蓋住食材，用餘溫悶熟食物，這就是焢土窯。」

我拎起鋤頭，把土窯擊垮。

白唯張大了眼睛。

在我一次次揮下鋤頭後，大土塊分裂成無數小土塊，小土塊平均地散落著，變成一座小土堆。

「啊，白唯，妳可以用腳踩。」

我又揮了幾下鋤頭，見土窯碎得差不多了，隨手把鋤頭丟到一旁。

白唯有些怯弱地伸出長腿，懸在半空。但她是白唯，是不可能在原地猶豫徘徊的人。她很快一咬唇，踩向土堆。

長腿延伸，不斷落下，把土塊踩得更緊密。踩了幾下後，她大概發現沒有危險，做得更勤快了。

我拍拍臉頰，土窯的熱度加上過度勞動，讓我的臉頰都發熱了。

白唯呼出一口長長的氣，走向一旁的田埂，在上面坐下。她的雙腿，則懸在半空前後搖擺著。

「是說，柳透光吶。」

「嗯？」

「你都不用找我姐嗎？來這裡後，你根本沒有找人的意思耶。」白唯狐疑地挑挑眉毛。

「還用找嗎？她的線索就那樣，我知道她會把線索放在哪。」

「真的嗎？雖然你這麼自信滿滿，但我很難相信耶。」

「明天就知道了。」

現在的我沒有心力做那件事，也不想這麼快去做。

我想起那幅水彩畫。

背景是一望無際的藍天。

阡陌之間有一棟美麗的白色民宿，民宿前方是整片翠綠色的蔥田。長滿青綠色蔥苗的田裡插著兩支稻草人，帶出濃濃的農田風情。

太陽漸漸落下。

躲在雲層後方的陽光變得昏暗，民宿的燈光勉強算是一點照明。

迎著寒風，我隨口說道：

「白唯，這次的線索就是我給妳看的那幅畫。」

「嗯，我知道呀。」

「我和白宣來這裡拍的影片，是在說宜蘭的田園風情。」我淡淡地訴說著往事：「主題是——稻草人、農田、美好的日常風景。那集，我們本來要做很多很多農村裡的遊戲，跟田園料理。」

「我沒有印象。」

「因為白宣覺得拍得不夠好，最後我們沒有將影片上傳。後來我們去宜蘭銀柳道重拍了一支影片，才有放在頻道上。」

白唯瞭解地點點頭，但顯然沒有太大的興趣。

我明白，對她而言，我和白宣的日常瑣事不可能有太大的吸引力，因為那是她姐姐吶。

然而對我來說，卻截然不同。

在銀柳道，我與白宣埋下了一個時光寶盒。沒有約定開啟的時間，我們各自寫下一段話，埋在盒子裡。

這件事我藏在心中，沒有對白唯說出口。

依照白宣目前在各個地方放置線索的模式來看，我知道要做什麼，線索才會出現。

所以我不急，今天真的太累了。

黃昏將盡。

最後一絲燦爛餘暉閃過天際，天空徹底變黑了。

初春時分，夜晚的空氣透著涼意。要是長時間在一望無垠、毫無遮蔽物的空曠稻田裡吹風，一定會感冒。

「熟了嗎？」白唯好奇地問。

「很難說吶。」

得不到答案，白唯百無聊賴地拿著樹枝輕戳土堆。

要怎麼判斷控土窯的食物熟了沒？

可以靠感覺，也可以靠食物的香氣。

我與白唯有一搭沒一搭地聊著天，直到我覺得差不多了，用鋤頭翻開小土堆一角，露出了幾顆包裹好的小地瓜。

「白唯，就決定是妳了。」

「你以為在叫寶可夢嗎！」

白唯用手戳了戳地瓜，似乎是有點燙，又換上較粗的樹枝，把地瓜一路戳戳戳，滾到一旁放涼。

「嗯，熟了，可以吃了。」

白唯拆開錫箔紙後這麼說道。

很有默契的我們，開始在土堆裡挖掘寶藏似地找著食物。將地瓜、玉米，與其他處理過的食材，紛紛放上托盤運回別墅簷廊。

隨著夜幕降臨，簷廊的地燈與嵌燈自動亮起，橘黃色的光線烘托了氣氛。光是坐在這裡，都是享受。

直到真的在簷廊上坐下來，我才發現別墅的主人真的很厲害。

仿日式風格的簷廊以天然實木打造，傳達了溫潤的生活溫度，不管或坐或躺，都能體驗到純粹的靜謐。

「好啦，坐吧。」

一切準備就緒，我們坐在簷廊上，吃著焢土窯做出的晚餐，看著夜晚的農田風景。

蟲鳴近在耳邊，這是在都市想都不用想的事。要是時間再晚一點，一定能看到浩瀚星空。

吃完晚餐。

我們從別墅裡拖出兩顆懶骨頭沙發。

白唯半躺在簷廊上，頭與上半身靠著懶骨頭沙發，雙手一左一右張開。面對一整排的蔥田與一整片稻田，快樂地哼著歌。

即使沒有唱出歌詞，但我隱約聽得出她在哼著小青藤的歌。

她真的很開心吶。

我也呈現與她相同的姿勢，躺在簷廊上，用全身感受來自天然實木的溫潤觸感。天啊，真是太舒服了。

夜晚寧靜得不可思議，彷彿這方天地已經陷入了與世隔絕的永恆之中。

突然，白唯發出慵懶的聲音，她很少會這麼說話。

「唔，好想一直住在這裡喔。」

「最多三天兩夜。」

「那還有一天呢，很好。」

「嗯，是還有一天。」我說道。

從這樣的對答裡能再次確認，白唯真的很樂觀開朗。

我露出微笑，微笑隨後變成輕笑，笑意怎麼也藏不住。

柔和橙光裡的白唯，穿著同為橘色系外套的她，身影在地燈光芒的渲染下模糊而朦朧。

我閉上雙眼道：「白唯，下一個地方，也和我一起去吧。」

「好是好，但記得，我的名字不是白宣。」

「……嗯。」

「絕對不要在我身上尋求我姐的身影。」

我一時愣住，即使我明白這是白唯的雷點，但沒想到她會直接說出口。澄澈而清脆的聲音裡帶著無與倫比的堅持，與淡淡的委屈。

夜風勾起白唯的髮尾。

她輕輕地伸手整理因風而亂的髮絲。

動作無比熟悉。

總是凝望著遠方，一身清透藍色的白宣，也常常做出這個動作。

同樣的動作，在我心裡卻截然不同。

「嗯，我知道妳是白唯。」

# CHAPTER 4

## 小白唯與小白宣

隔天早上，我被別墅後方傳來的鳥鳴聲吵醒。推開棉被，從舒服的床上翻身坐起。想也沒想，我順著射入室內的陽光走到窗邊。

窗外就是那一座小小的樹林，鳥鳴聲從這傳出，但我看不到任何一隻鳥。

「該來準備了。」

剛剛看窗戶外面，沒有看見白唯在跑來跑去，她應該還在睡吧？很好很好。盥洗後，我小心地推開房門，不發出一點聲響，走到一樓客廳。

餐廳也沒有人。

走出門外，一陣涼風從遠方吹拂而來，帶著寒意與濕氣，卻讓人清醒。

在小路左右鋪展的稻穗與蔥苗紛紛款擺，待風止息，它們才恢復了原有的高度。

我繞到別墅後方，走近堆放著農具的小棚子，從裡面翻出一件灰色工作服，還有兩根長木竿。

「這樣應該就行了。」

我滿意地往回走。

從原路經過別墅的轉角，嘿嘿，白唯還沒醒來，就趁她睡覺時把東西弄一弄，晚點就能做其他事了。

「——嚇！」

轉角忽然衝出一道身影，還發出嚇人的威嚇聲。

「幹，什麼東西！」

我嚇得後退了兩步，跌倒在鬆軟的土地上。定睛一看，這才發現眼前的生物是綁著馬尾的白唯。

「你那個樣子……哈哈哈哈！好、好好笑，太好笑了！哈哈哈！」

白唯陷入瘋狂的大笑之中，雙手抱著肚子笑個不停。

「幼稚鬼……」

我默默地撿起木條，準備站起來。

白唯邊笑邊伸手拉我，我勉強地抓住她。

今天的溫度比昨天暖了許多，她穿著粉白相間的橫紋T恤，袖口反折，露出柔嫩的上手臂。下半身是一件深灰色的千鳥紋短褲，腳踩著一雙包頭鞋。

她今天穿的黑襪是到小腿一半左右的高度。這麼穿我還是第一次看見，整條腿不會過分裸露，比例卻依然好看。

白唯眨眨雙眼。

「早安，柳透光。」

「已經不早了，午安。」

「你不問為什麼我會在這裡等你嗎？」

白唯顯然就是很想說的樣子，只是在等我問她。

我嘆了一口氣，可愛就是任性。像她這樣個性爽朗、活潑青春的女孩子這麼問，應該沒有多少人狠得下心，裝傻不提問吧。

「妳為什麼在這裡？」

「嘿嘿，因為我睡到一半聽到了有人翻東西的聲音。走到窗邊一看，發現有人鬼鬼祟祟地在找東西。看起來很好玩，竟然不跟我說，我就來嚇他了。」

白唯伸手指向別墅的窗戶，那是她的房間。

我拿穩手上的木條，撿起那件破舊的工作服。

「我是怕妳太累，不想吵妳。」

「你現在要幹嘛？」

「做稻草人。」

我轉念一想，續道：「啊，忘記了，應該要做兩支稻草人。白唯，妳回去棚子裡再找兩根木竿和一件衣服，如果沒有衣服，破布或繩子也可以。」

「好，等我喔！」

白唯就像是對一切事物都還保有興趣的孩子，不怕髒亂，也不怕麻煩，不會為了無聊的外在因素，而不再自由行事。

沒有東西能限制她。

當然包括我。

她走進棚子抓出一長一短的木竿、一件破爛的工作服，還多找到了一頂帽子。

「我要幫稻草人戴帽子。」她愉快地說著。

「行，妳要怎麼做都可以。」

我們往農田走去，來到昨天的焢土窯舊址。

黑色土塊散落在地上，還有昨天挖的那個坑。

在焢土窯旁邊，我把兩根木竿垂直交錯，釘成十字架的形狀。

白唯接過鐵鎚與釘子，依樣畫葫蘆。

「好了！」

我把木竿深深插入土壤中。

「白唯，妳的稻草人也要放在這裡嗎？」

「唔，好啊。」

我不禁笑了。

這樣我們的稻草人就是並肩站在一起了，找遍臺灣的農田，很少稻草人會這麼站在一起。

白唯力氣比較小，就乾脆把木竿插入昨天的土坑，再將土塊撥回坑中固定。

接著，我們把破舊的工作服穿到十字架上，兩支乾扁、瘦弱的稻草人雛形，就出現在空曠的田裡了。

白唯十分滿意自己的傑作，拉遠距離欣賞稻草人。

「把稻草塞進衣服裡就算完成了。」

這也是最後一個步驟。

我的動作比白唯快一點，很快就把稻草人塞滿滿，一支胖胖的稻草人在田裡站立著。這夠嚇走天空上的鳥類了。

我走到白唯旁邊，遞給她昨天收集來的稻梗，讓她填滿稻草人。

「喏，稻梗。」

「是稻草。」

白唯接過稻梗，像是創作一件藝術品似地，不時輕拍稻草人身體各處，讓稻草人的身體變得均勻。

「——完成！」

趁著白唯沒注意，我拍了一張她摟著稻草人肩膀的照片。照片裡的她看起來無憂無慮，閃耀著青春的光彩。

耳垂上那枚橡樹果實的耳環，隨著動作晃動。

「白唯，妳過來。」

「嗯嗯？還有什麼好玩的事嗎？」

白唯聽話靠近，我示意她爬上田埂，讓她跟著我一起看向民宿。

此刻。

背景是一望無際的藍天。

阡陌之間有一棟美麗的白色民宿，民宿前方是整片翠綠色的蔥田。長滿青綠色蔥苗的田裡插著兩支稻草人，帶出濃濃的農田風情。

這就是當初白宣與我眼中，宜蘭平原最美的風景。

也是那幅畫試圖描繪的畫面。

再傻的人現在也該明白了。

何況是白唯。

白唯驚呼一聲。

「咦？所以具體來說，是稻草人嗎？」

「我想會在稻草人身上。」

「但是姐姐不在這裡吧，誰會把線索放到稻草人上？」

「呵呵，那就不是我們需要煩惱的問題了。」

我笑著拍了一下白唯的頭。摸到她的頭髮時，我忽然發現，我沒有辦法這麼隨意地、親暱地摸摸白宣的頭。

「白唯呀，當妳姐想做什麼時，很多人都會協助她。」

白唯凝視著並肩站立的稻草人，沒有說話。

「白宣獨特的空靈氣質，與若即若離的縹緲感，正是她讓人著迷的原因。」

獨一無二。

世界上只有她一人擁有這樣的個性。

「你是想向我姐告白嗎？」

「沒有，我只是想說沒有人能拒絕她而已。」

「哼，我從小和她一起長大，這種事我比你還要瞭解。」白唯以有些乾澀的聲音說道，並補了一句：「笨蛋。」

「……嗯。」我點了點頭。

這個話題，看來不適合深入聊下去。

「回去別墅吃午餐，然後我們去泡溫泉吧？」

「好啊，我想泡溫泉。」

「是去礁溪喔，要騎一段路，順便欣賞宜蘭的風景。」

在宜蘭平原騎車漫遊，應該會是白唯喜歡做的事吧。我們回到別墅，吃過簡單的午餐，於午後上路。

農地、稻草人、稻梗堆，一片又一片漫無止境的碧綠蔥田，悠閒的田園風情讓我們一路上有說有笑。

從別墅騎到礁溪，並沒有花太久的時間。

雖然今天不算太冷，但吹了一整路的風，我迫不及待想跳進溫暖的溫泉裡。

「終於到啦。」

我們把車停在礁溪溫泉公園附近。

溫泉民宿、飯店在礁溪到處都是，大家都打出溫泉的名號吸引觀光客，一出火車站的溫泉公園，還有不少免費供旅客泡腳的溫泉池。

白唯看著在我們跟前流過的溫泉，突然問道：「柳透光，這裡是不是有一間拉麵店，還提供吃麵的客人溫泉泡腳的外用座位啊？」

「嗯，有啊。」

「我想吃。」

白唯毫不掩飾自己的想法。

「那我們先泡溫泉，晚上再去拉麵店吧。」

「好，約定好了。」

我拿出手機打開地圖，往我早已訂好的溫泉民宿移動。

礁溪其實到處都有免費溫泉可以泡，不想去公共池泡湯的話，溫泉飯店與民宿多半結合了住宿與泡湯，單獨想要泡湯也沒有問題。

「遊客不少耶。」

「因為這裡溫泉真的很有名啊。」

我帶著白唯走過溫泉公園。

溫泉公園林木夾道、綠意盎然，整體設計富有濃濃的日式風情，裡面也設有日式的露天泡湯區，不少日本旅客在公園內行走。

「感覺好棒。」

白唯發自內心地稱讚。

穿越公園，我們來到開滿溫泉飯店的街道。街道兩旁很多本地人經營的攤販，賣著各式各樣的小吃。

白唯拉拉我的衣袖。

「你的目標是哪一間啊？」

「喔喔，再走一段路就到了。那間店的位置比較隱密，根據我的經驗，這個時間人一定很少。」

說不定可以兩個人一起泡湯，還沒有其他人在。

當然，我預定的溫泉民宿，就是上次和白宣一起來礁溪時，白宣找到的隱密好店家。

每次白宣找到這種神奇的地方我都很好奇，她到底是通過什麼樣的管道獲得資訊的呢？

「快到了。」

我帶著白唯穿越長長的溫泉街，拐進一條隱密的巷子。

人群頓時拋在身後，氣氛趨於寧靜。

空氣中傳來淡淡的溫泉與原木氣息。街道兩旁的景色都變了，微弱的日光從一側照耀著不知蓋了多久的老舊木屋。

時光彷彿倒退了好幾十年。

這條巷子，老舊而色彩斑駁。

「萬葉溫泉」的木製招牌出現在巷子盡頭，前院的建築以原木打造，從巷子前方延伸到店門地板，鋪上了一塊塊圓形的石板。

白唯看傻了眼，連聲音都發不出來。

的確，這種景色看一次就會愣住一次。我饒富興趣地望著她，想著她究竟要多久才會恢復正常。

但白唯對於時間平白地流逝顯然更敏感，她很快清醒，推著我往前走。

「別站著了，我們趕快進去！」

「好啦好啦，別推。」

「不枉費我忍耐這麼久，這間湯屋太神奇了。」

白唯邊走邊讚嘆。

萬葉溫泉的前院是傳統的日式造景，能讓旅客沿著庭院周圍遊走。宜蘭礁溪因獨特的時代背景，留有濃濃的日本風情。

庭院中央，有修剪過的松樹與石塊，圍繞著淺淺的水池。水池裡養有鯉魚，有條小徑讓人們可以走到那裡。

白色的砂石整齊地撲在地面上，梳理出水紋一般的紋路。

庭院一角還設有鳴子。截去一半的竹筒，置於軸上，承接著庭院的流水。水滿後，竹筒就會翻轉，將水倒出。

當竹筒回到原位時竹筒底部會碰觸石頭，發出清脆優雅的響聲。

是最具有日本情懷的小物。

白唯目不轉睛地凝視著庭院的景色，幾乎不再說話，就只是靜靜地、著迷地看著。

我絲毫沒有催促她的打算。

旅行的時間，就該浪費在這種美好的事物之上。

我一步一步地跟在她身後，視線同樣在庭院上流轉。

「如果可以，好想自己蓋一間喔。」

白唯發出羨慕的呢喃。

環繞庭園，萬葉溫泉的櫃檯在走廊盡頭出現。櫃檯之後的地板都是原木打造的，想要進入，必須在玄關換上室內拖鞋。

我與白唯對視了一眼。

「呃，我解釋一下。萬葉溫泉有好幾個公共池，也有私人池。它最有特色的地方是私人池一樣是露天的，可以看到外面的自然風景，只會跟其他池用木板隔開而已。」

「你的意思是一起泡嗎？」

我愣了一下，不知道如何回應。

一起泡或是分開泡都可以。但如果要聊天，一起體驗這樣美好的溫泉泡湯行程，一起泡是唯一選擇。

我攤攤手，望著白唯沒有絲毫猶豫的臉蛋。

「妳不在意的話，就一起泡吧？」

「嗯，我不在意。」

於是我向老闆訂了小型的私人池。每一個池都有自己的名字，我們選了紅葉，是萬葉溫泉最熱門的池之一。

老闆將木製的票卷交到我們手上，上頭刻著：紅葉。

「白唯，先去換衣服吧，等會兒見。」

「好喔！」

我們換上室內拖鞋，分別走進男女分開的換衣間。

在入池之前，必須先沖過澡，很快就準備完畢的我，推開通往紅葉池的木門。

門板發出老舊的咿啞聲，飄著熱氣的溫泉映入眼裡。

白唯還沒到。

我試了試水溫，直接進入池中。

泡著礁溪著名的美人湯，肌膚傳來一陣又一陣暖意，讓這些日子積累的疲憊一波波消逝。

天啊，太舒服了吧。

「呼……」

我發出滿意的聲音，靠在池裡的大石頭上。

紅葉池很靠近溫泉屋後方的樹林。

樹林有一條小溪潺潺流過，剛好把紅葉池與樹林分開。

泡著溫泉，傍著小溪，聽著林間鳥鳴，無疑是露天森林溫泉的最佳享受。

老闆在紅葉池附近種了青藤，與常綠植栽，還在靠近小溪的那一側釘上了木頭柵欄，防止野生動物靠近。

蒸氣飄散著。

並不濃。

門板再次傳來咿啞低吟，我順著聲響望去。

圍著白浴巾的白唯，正好也望了過來。

白唯似乎被紅葉池的吸引住了，總是煥發光彩的雙眼，一時顯得矇矓而嚮往。接著那樣的眼神，投射到我身上。

她圍著白色浴巾，隱約可以看見浴巾下是一件粉色系的泳裝。

除此之外，就只有那枚橡樹果實掛在耳邊。

她纖細的手臂摀著胸口的浴巾，白色浴巾正好透露了她裸露的肌膚同樣雪白。在霧氣間隱約勾勒的鎖骨，光滑嬌嫩的肩膀，都是迷人的線條。

最後，是那微微浮出粉櫻色的臉蛋。

我正想別開視線，白唯卻蠕動著嘴唇說話了。

「你待在大石頭那一邊，不要走到我這邊喔。」

「嗯，我絕對不會過去的。」

順著白唯的要求，我游到紅葉池裡的大石頭另一邊，這樣我與白唯之間就有個石頭阻擋了。

只要不站起來，上半身與頭能靠著石頭，也不會看到彼此。

剛剛真是有點尷尬吶。

「……唉。」

我清楚無比地認知到，白唯不只是白宣的雙胞胎妹妹，也不是只有外表跟白宣一模一樣而已。

白唯是一個外表十分出眾、身材姣好的女孩子。

「天啊。」

我整個人浸入紅葉池，讓溫熱的泉水淹過下巴。這麼一做，僵硬的後頸也泡入了水中。

池邊的鳴子傳來清脆溫潤的敲擊聲。

「應該不會太燙吧……」白唯似乎準備走入溫泉，可能正用腳尖試探，隨後我聽到單腳踩入水中的聲音。

「嗚哇，好舒服啊。」

白唯陶醉地說道，還發出了幾聲可愛的叫聲。

「白唯，妳來過礁溪嗎？」

「沒有耶，這是第一次。」

「是喔。」我笑著說道：「那至少這幾天妳玩得很開心。」

我凝視著紅葉池畔，萬葉溫泉老闆悉心照料的青藤。視線轉瞬望向更遠方，越過柵欄的小溪與常綠樹林。

一股悠哉清閒、怡然自得的快樂占據了心中，很充實。

或許是因為這樣吧。

現在的我根本不會去想其他哀傷的事，而這就是……旅行的意義嗎。

我換了一個姿勢，在大石頭旁坐起身子。

下午在別墅前方小道上的回憶，轉瞬而至。

「你是想向我姐告白嗎？」

「沒有，我只是想說沒有人能拒絕她而已。」

「哼，我從小和她一起長大，這種事我比你還要瞭解。笨蛋。」

那聲笨蛋，在我耳邊迴響，真實得令我睜開了雙眼。

「吶，白唯。」我開了口。

「嗯？」

「下午我們在別墅前面做完稻草人，我說沒有人能拒絕妳姐。妳那時本來想要說什麼，可以告訴我嗎？」

「告訴你？你這麼問，表示姐姐從來沒有跟你說過我們小時候的事囉？」

「嗯。」

白宣確實很少提到過去，也很少聊到與白唯的相處。

這反而勾起我的好奇心，不只針對白宣而已。

「如果可以，我想聽聽看。」我以真誠無比的語氣說道。

她似乎想了一陣子，最後長長地吐出一口氣。

「好吧，就告訴你吧。」

接下來，我聽了一個故事。

白唯的故事。

幼兒園時期的白家兩家妹，感情很好，從不吵架。

她們時常一起去公園，和其他小朋友玩耍。

白唯是孩子王一般的存在，不管在幼兒園還是公園，她都能自在地融入團體，並且跟大家打好關係。

在任何團體，她都能變成領導大家的人，號召其他小孩子一起在沙坑上蓋城堡。大家都喜歡她，家長們也很喜歡她。

相對於活潑開朗的白唯，白宣總是一個人蹲在沙坑的另外一邊。建設她自己的沙堡。

偶爾有人靠近，小白宣不會排斥，但敢靠近她的小朋友很少。

她風鈴一般輕快的笑聲，還有那與生俱來的神祕感，對於其他小朋友來說，都太特別了。

白宣空靈的氣質來自天生。

被小白宣吸引的小朋友很多，敢靠近她的人卻很少。就算偶爾一起玩，也很快就會離開。

白宣那道與人拉開距離的冰牆，似乎也來自於天生。

小時候，她就常常自己玩，喜歡自己玩，但不知道為什麼，總是愈來愈多小朋友的注意力轉到白宣身上。

明明是跟著小白唯一起蓋城堡，在小白唯旁邊的小朋友，卻忍不住一直看向在角落的小白宣。

小白唯，也不知道為什麼會這樣。

「那時候我真的不懂，明明我比較活潑開朗，大家一開始也都聚集在我身邊，我應該比較受歡迎，大家都想跟我這樣的人玩不是嗎？」

白唯的聲音從石頭彼方傳來，混合著無奈。

姐妹感情很好，不在沙坑玩，她們會一起去其他地方玩耍。

她們也一起去上美術課，做手工藝，畫水彩畫。

一開始上課時，小白唯跟以前一樣總是能輕易打進已經形成的朋友圈，和所有人當好朋友。

老師喜歡她，家長也喜歡她。

小白唯能開心地回應所有人，就是個率真活躍的小女孩。

她會跟其他小朋友一起畫畫，教其他小朋友怎麼在調色盤上調出想要的顏色。她也會跟手比較不巧的小朋友，一起黏著切好的小方塊。

並不是她希望得到什麼。

而是她天生就是喜歡與別人相處、當朋友。

上畫畫課的白宣一樣不會主動打招呼，也不會主動跟別人往來。

每次老師教完課，指定了題目，小白宣就會穿上畫家袍，拿起水彩筆跟調色盤，一個人在角落畫畫。

也不說話，也不嬉戲。

老師看到獨特的小白宣，都會特別關心，時間久了，也開始有比較大膽的小朋友試圖靠近白宣。

而當他們走到小白宣身邊，依然跨越不了透明的冰牆。

上畫畫課的小朋友，沒有人敢靠近畫畫中的小白宣。而喜歡一個人創作的小白宣，只要有幾個人靠近，她就不說話了。

還會不開心地盯著他們。

最後，小白宣都是自己在角落畫畫。

小白唯身邊則會圍繞著一群小朋友，他們都會坐在最大的圓桌邊，跟形單影隻的小白宣形成強烈反差。

但無論是老師還是家長，還是那些小白唯身邊的小孩子，大家的注意力與好奇心，早就飄到了小白宣身上。

發現這件事後的小白唯，加上她也沒有特別喜歡創作、畫畫，幾個月後也不再去學畫畫了。

「說到這個。」

白唯的聲音有些沮喪，自嘲似地說道：

「我還記得最後幾堂美術課，老師出了一個題目……畫橋。我和其他小朋友說好，畫一座可以拼起來的橋，大家都畫得很開心。」

「嗯。」

從小鬼靈精怪的點子也特別多。

不愧是白唯。

「畫完後，老師讓大家投票選喜歡的畫。結果，幾乎全部小朋友都投給我姐自己在窗戶邊畫的橋。」

我想像著那個畫面，何其現實。

「柳透光，你懂嗎?那不是選擇一幅好畫，也不是在評價誰畫的比較好。我們那時都是小朋友，都只是選喜歡的畫而已。結果，大家都喜歡姐姐畫的橋。說穿了，是大家都想靠近她。」

不知不覺間，白唯的身影隱約出現在石頭邊緣。

因泡湯而在皮膚上浮起的粉櫻色，在她的臉上出現了兩個小酒窩。她發現我在看她，勉強露出一抹苦笑。

那是遠比最後一口咖啡還要苦澀的笑容。

她讓溫泉淹到鼻子下方的高度。

很明顯，總是一副爽朗快樂模樣的白唯，不想被人發現現在的她正在難過。

仍在故作堅強。

「從小學二年級以後，我就要求爸媽讓我轉學，國中三年也都故意不讀同一間學校。高中，我甚至躲進住宿制的高中。我不想跟姐姐一起和同一群人相處。」

我默默地點頭。

原來是這個原因啊。

「國三升高一的暑假，姐姐開始做 Youtube 影片……還成為很有名的 Youtuber。」

白唯的語氣漸漸恢復平靜。

「還好這對我沒什麼影響，只是有時候外出要戴上面具而已。」

「辛苦妳了，這是我第一次聽到這段故事。」

我游到她身邊，伸手拍拍她的頭頂。

「我也是第一次跟別人說。」

真是想不到，這趟旅行會聽到白唯埋藏在心裡這麼多年的故事。

「因為我和姐姐是雙胞胎，從小到大，太多在我身邊的人注意力都只放在姐姐身上，甚至為了更接近姐姐而靠近我。所以我才說……絕對不要在我身上尋求我姐的身影。這是我最不喜歡的事。」

絕對不要把對白宣的情感，投射到我身上——

這即是她想訴說的事。

我無奈地笑了。

「吶，白唯，我不會那樣的。即便妳和白宣再怎麼相像，但我對妳們的差別瞭若指掌。戴的耳環、喜歡的衣服、使用的洗髮精、聽什麼樣的歌，還有妳們的個性……不可能有人比我清楚。所以，放心吧。」

我這麼說道。

「嗯，我相信你。」

白唯徘徊了幾秒，緩緩游回了石頭另一端。

結束白唯藏在心裡多年的話題，我們在繼續漫無目的地聊天，聽她說了好多關於自己在學校的事。

盡情享受了溫泉好長一段時間，才心滿意足地離開萬葉溫泉。

「走吧。」

「要去哪？」

「說好了要去能泡腳的拉麵店，不是嗎？」

「很好，看來你還記得。」

看白唯古靈精怪的模樣，心情應該回復了吧？

我們緩緩走到巷子最前頭，誰也不想快步離去。

最後，不約而同地回頭一望。

斜陽落下，餘暉灑在古老的湯屋前，散發一股清幽古樸的氣氛。

彷彿與世隔絕般靜謐的巷子，隨著我們步出交界處的轉角，消逝了。

心裡，怦然一聲。

萬葉溫泉的旅行在我心中引起了餘韻。

「天啊……」

我摸向胸口。

望著街道上三三兩兩的旅客，我的心裡湧出一個念頭——下次再來這裡，我一定要為萬葉溫泉拍一支影片。

從溫泉街返回溫泉公園，我與白唯再騎上了單車。

「白唯，妳還有力氣嗎？」

「騎車不是問題。」白唯摀著嘴看我，「不會吧，你沒力氣了喔？」

「勉勉強強吧，泡湯太放鬆了。應該休息一下應該就好。」

那一夜，吃完拉麵騎回民宿後，我睡得很熟。很久沒有睡這麼沉了，相信白唯也是。

白唯在我手機通訊錄裡的名字，也早已重新輸入成白唯。

在民宿的第三天，今天也是睡到午後才從床上爬起，充足的睡眠讓人精神抖擻。

我往窗外一望，和昨天一樣，沒有看見白唯。

帶著手機往樓下走去，也都沒有看見她。不過今天我還沒有明確的計畫，只有一件類似開獎的事要做，所以我先倒向了客廳的沙發。

手機響了。

我看了看號碼，這次松竹沒有傳訊息，而是直接打電話？

「喂？松竹，午安啊。」

「……你到哪裡都可以睡到中午才醒也是滿厲害的呢。」

「你不知道這幾天我有多累。」

「聽你的聲音是不覺得有多累啦。」

「是嗎？」

……嗯，的確連我自己都能感受到此刻我的心情很好。

「松竹，跟你說，昨天我去萬葉溫泉泡湯，那個地方真的太神了，下一次我們一起去吧。」

「等一下啦，我有事要告訴你。」

「嗯？說吧。」

「我昨天開分身潛入了那個張新御的社團，裡面現在大概有一百多人了。」

「太多了吧！」

「多是多，但看不出認真想找白宣的人有多少，活躍的人幾十個跑不掉。你和白唯一起行動，之後如果要一起在觀光景點現身……」

松竹欲言又止。

我明白他的意思，因而嘆了口氣。

「我會轉達白唯，她有準備那個狐狸面具。」

「那就行了，畢竟被人看到你們在一起行動，粉絲團又一直沒有官方消息，我怕粉絲會不開心。」

「嗯，竹子湖的影片上了之後應該會好一點……」

「聽到這句話，我就知道你影片根本還沒剪好，哈哈哈！」

松竹嘲笑的聲音從手機彼端傳來。

「再過幾天我一定會上傳到頻道上啦。」

「對於所有 Youtuber 來說，你剛剛那句話就是跳票的宣告啊，每週一、四準時更新，結果都不會更新那種。啊，還有一件事。」

「什麼事？」

「你們現在是在宜蘭對吧？我在群組裡看到，有人在礁溪看見你和一個女孩子一起騎車。那個粉絲是說，發現野生的墨跡。」

「嗯，昨天我們在礁溪，現在在民宿。」

我坐直身體，心情有些忐忑。

事情似乎比我想像中更棘手。

仔細一想，昨天那樣毫無防備地在熱門景點走來走去，晚上還去吃那間特別的拉麵店。

這樣遲早會被認出來吧？

松竹叮嚀道：「群組裡目前流傳著一種說法，白宣拍過宜蘭的密境之一——銀柳道的影片，他們覺得你也會去那裡。」

「是喔？這個我目前還不知道，還沒有找到白宣的線索。」

我望向窗外的稻草人。

如果沒有意外，線索也該出現了。

「就是這樣。他們已經派人守在銀柳道，你如果和白唯一起過去被認出來，八成會引起誤會，這誤會可以解釋，比較麻煩的是……」

「他們會影響我找尋線索，是吧？」我接著松竹的話說完，起身走出別墅。

手機沒有結束通話。

兩支稻草人矗立在空蕩的稻田中。

我想也沒想，一路走到稻草人面前。白唯做的稻草人一切正常，而我做的稻草人……

寬大的工作服，上衣插著一支銀柳。

「松竹，是銀柳。」

「那你小心了。」

「謝謝你的提醒。」

我掛上手機，將銀柳拿了下來。

細長直挺的褐色枝條看似貓尾，上頭長著銀白色的花芽，圓圓的，像極了古代的銀兩。

「如果是銀柳道……答案不就只剩那裡了嗎？」

時光寶盒，看來已經到了出土的時刻。

那時我們各自寫了一段話給對方。白宣究竟寫了什麼，等挖出盒子就會知道了。

我寫的文字，至今我一個字都沒有忘記。

我帶著那根銀柳回別墅，正好遇見了從樓梯上走下來的白唯。

今天她穿著質地柔軟的粉藍色襯衫，搭配米色的長褲，褲口反折，露出了一截纖細的腳踝。

如果我沒看錯，她的襯衫花紋是一條條在游泳的小魚。

「妳這件衣服也太好玩了吧。」

「嘿嘿，被你發現了，很有趣吧！」

白唯笑著走下樓梯。

我揮了揮手上的銀柳。

「喏，這就是線索了。」

「咦？讓我看看。」

白唯接過銀柳，好奇地摸了摸枝枒，戳戳銀白色的花芽。

「這根銀柳是在我在稻草人身上找到的。」

「你特地做稻草人，是為了重現那幅畫對吧？」

「對，背景是一望無際的藍天。阡陌之間有一棟美麗的白色民宿，民宿前方是整片翠綠色的蔥田。長滿青綠色蔥苗的田裡插著兩支稻草人，帶出濃濃的農田風情——這幅畫跟我們看到的風景只差一個地方，稻草人。」

「嗯嗯。」

白唯將銀柳放回桌上，聆聽著。

我繼續說道：「我猜白宣可能是委託附近的農家，一旦發現這間民宿前方的稻田裡出現稻草人，就放一根銀柳到稻草人身上吧。」

「那之後呢？下一個地方要去哪？」

「去的地方不是問題，問題是要怎麼拿出線索……唉。」說到這裡，我把剛剛王松竹交代的話說了一遍。

「什麼東西……」

白唯聽完，匪夷所思地抱住頭在沙發上滾動，像極了馬鈴薯。

「因為我姐消失了，又沒公告發生了什麼事，他們就準備揪團去找她？拜託，這些人是吃飽太閒了嗎？」

「現在寒假嘛。」

「他們還要去你們去拍過影片的地方，等你去那邊找白宣？想出這件事的人，怎麼不去寫推理小說啦。」

對此，我只能也跟著聳聳肩。

白唯在沙發上滾了一陣子，接著慢慢坐了起來，一頭微亂的長髮散發著淡淡髮香。

她整理著頭髮，妥協似地說道：「算了，我之後去熱門景點就戴狐狸面具吧。」

「跟我一起旅行才需要。」

「我知道。我一個人去其他地方玩，當然很樂意露出臉，反正被認成是姐姐也不會怎麼樣，最好可以給我姐帶來一點麻煩，嘿嘿。」

白唯偷偷露出邪惡的笑容。

看到這一幕，我呵呵地笑出聲。

「去銀柳道騎車不太方便，又有人在那邊等，我們直接叫計程車吧。具體在那邊會遇到什麼事，我現在也不知道。」

「銀柳道的風景美嗎？」

我一個愣然，轉瞬間明白。

對於那些粉絲可能帶來的困擾，白唯根本不在意，也不懼怕。

她在意的只是旅行而已。

銀柳道是白宣在宜蘭探險時發現的密境之一。當然，經過她拍成影片上傳頻道之後，應該稱不上密境了。

一定會有不少旅客去那裡。

銀柳道，顧名思義，是一條銀柳夾道的小路。小路通往一座小山坡，一路上花花草草，綠意盎然，有很多野生的花朵。

當春季來臨，銀柳枝條上的無數顆橢圓形變成了銀白色，走在銀柳道上，彷佛經歷了一場三月雪。

銀雪環繞在身邊。

宜蘭的銀柳，占了全國產量的九成五以上。走在野外，也常常能看見野生的銀柳。白宣那次的探險，就是留意到了遠方的小道。

她走過去一探究竟，才發現了如仙境般的銀柳道。

我看向時鐘，下午一點多了。

「看看冰箱裡有什麼吃的吧，至少喝個牛奶。」

「好像有蛋，我來煎蛋吧。」

「是說，白唯妳會料理嗎？」

白唯的眼睛四處看來看去，就是不看我。

「祕密。」

……好吧，看來是不會。

別墅的採光很好，我們在白天很少開燈。

白唯動作俐落地拉開了餐廳的窗簾，廣袤田野的清新景色一望無際，光是看著，就感覺愉快了起來。

冬日的陽光穿透進來，栗色髮絲閃耀著光彩。

忽然髮絲從我的視野中消失，原來是白唯蹲了下去，在翻找著冰箱裡的食物。

「有什麼食材嗎？。」我說。

「這裡有豬肉，煎一波吧。」白唯把肉片放到我眼前。

「好啊。」

「這個生菜可以做成沙拉，你切一切。」白唯把蔬菜放到我眼前。

「嗯？」

「還有培根耶，這個我也想吃！」

「嗯嗯？」

我的頭上冒出許多問號。

白唯不斷把食材送上料理檯，就像是一隻搬運松果的小松鼠。

她雖然不擅長料理，但還是在一旁幫忙。

我們兩人悠閒地在廚房料理午餐，一點也不急著去銀柳道。彼此沒有說破的是，如果那邊有人在等，我們想讓他們等久一點。

「銀柳可以吃嗎？」

「妳不要整天只想著吃。」

「我是想學習新知好嗎！」

「是喔。」我擺出不以為然的表情回應，接著說道：「我不確定可不可以吃，為了新知識，妳可以去啃一啃外面那根銀柳。」

「你講話這麼欠扁，讓我都想拿銀柳偷偷給你吃了。」

白唯露出認真考慮的模樣。

感覺她真的會想方設法讓我吃下去。

「好啦，應該不能吃啦。」

我招招手，用剛煎好的培根收買她。一道道午餐煮好了，白唯也一道道地擺到桌上。

用餐時，我預約了一臺計程車來接我們。

別墅和銀柳道之間確實有段距離，但我看到報價還是傻眼了。

好貴！

沒有平時白宣在金錢上的支持，一個普通高中生根本沒辦法長期負擔這種開銷。

五十萬訂閱的 Youtuber，財力實在不容小覷。

吃完午餐，車也到了。

「走吧。」

盤子先暫時放到流理檯，我們坐上計程車，前往位於小山坡區附近的銀柳道。雖然那個地方沒有確切的地址，但我一講出銀柳道，司機就表示他知道位置。

坐在車上，我傳了訊息給松竹。

「我們要過去銀柳道了。」

「等我，我看一看狀況。」

「等你。」

我坐在後座右側，白唯坐在另外一邊。

坐在車子裡不能東跑西跑，也不能隨心所欲地到處亂看，她依在車窗旁邊，雙眼難掩嚮往地望著窗外。

白唯小巧的嘴巴正嘟著。

她光是一天之內嘟嘴的次數，就超過我與白宣相處一整年的次數了。

我不著痕跡地偷偷觀察白唯。

王松竹回了訊息。

「我問了一下，那邊似乎有三個人在等你。」

「三個啊……」

「張新御那傢伙，認為你就是在各個地點找尋白宣留下來的線索，再用那些線索去找白宣。他對這件事很有興趣，不會輕易罷手。」

「松竹，他的動機是什麼？」

「目前還不清楚，但……嗯，我之後會留意。」

「謝了，等一下看情況怎樣再跟你說。」

計程車飛快地行駛。

越過了一排排蔥田與稻田所在的農田區，進入城市後沒多久，就筆直地往不遠處的小山前去。

我與白唯有一搭沒一搭地聊天，被限制住行動的她，就像是失去了動力。

就連聊天都有點懶散。

這種反差，反而凸顯了她的真實。

又過了一段時間，司機終於開到了銀柳道附近的主要道路幹道，接下來一陣顛簸，進入了地方上的小路。

幾分鐘後，熟悉的風景近在眼前。

銀柳道出現了。

和上次來相比，這裡多出了一座小型停車場，再往前走一小段路，就能踏進白宣命名的銀柳道區域內。

銀柳道其實長得難以想像。

從我們所在的小型停車場，可以一路走到遠方的山坡上。

在這塊範圍內，銀柳漫山遍野。

或許是今年冬天比過往稍暖，雖然還沒到花期，不少銀柳已經提前開出銀白色的花芽，猶似枝頭上的殘雪。

除此之外，淡紫色的臺灣原生野牡丹、顏色更柔和的粉紫色爵床花、美麗的水藍色竹仔草、橙黃色的酢漿草，還有許多不知名的野花在山野間綻放。

要是沒有深入山野或是鄰近濱海之地，很難看見這麼多臺灣原生的野花。

白宣發現的銀柳道，風景絕非浪得虛名。

「嗚哇……」

白唯果然無法忍受了，發出驚嘆的聲音。

她正準備跳下車，我連忙伸手拉住她的肩膀。

「等一下，我們需要安排一個計畫。」

「什麼計畫？」

白唯納悶地歪頭。

「妳先戴上狐狸面具，至於計畫是這樣的……」

這個計畫不只需要白唯、王松竹配合，司機也要參一腳。

於是我簡單地向司機說明了一下。

白唯聽到後頭，露出狐狸般狡黠的笑臉。

「可以，我支持你！」

「那就麻煩妳了。」

按照計畫我傳了訊息給松竹。

得到回應後，我先下車，繞了一段路從停車場另一端靠近銀柳道。這段路需要跨過茂密的雜草，很少人會走這裡。

我隱身於野草之中。

司機把白唯載到入口的位置，她戴上面具，也下了車。

我屏息等待，希望劇情如預料一般發展。

在銀柳道入口附近，似乎有幾個人將視線聚集到白唯身上。大概就是響應張新御揪團的人。

他們低聲交談，竊竊私語。

距離這麼遠，我當然聽不到他們在說什麼。

手機傳來松竹的訊息。

附有白唯戴著狐狸面具，現身在銀柳道前的照片。

「那群人已經注意到了。」

「他們想做什麼？」

「還在討論……喔，他們想去問她是不是白宣！」

「哈哈，很好。」

三個人開始移動，往白唯的方向。

白唯原本裝出在觀賞銀柳的模樣，一看見三個人靠近，立刻掉頭，往車子的方向跑去。

那三人愣在原地，回過神後也開始奔跑。

白唯速度飛快，加上本來就有準備，對方完全追不上她。

完美配合的司機，也在入口直接把跳上車的白唯載走了。

「哈哈哈……」

我躲在草叢後方看著這一幕，痛苦地憋笑。

眼見徒勞無功，那幾個人無奈地搔了搔頭，似乎不算太在意。

我不知道他們的動機是什麼，但一定有人只是單純地以為白宣消失了——只是一個活動，白宣自己策劃的活動，要她的粉絲去找她。

的確很像是白宣的作風。

他們會這麼想，我並不意外。

守候在銀柳道一整天的三人，以為自己看見的是白宣，在嘆息過後還是開心地繼續聊天。

幸好他們沒有太堅持，沒多久就放棄地搭上自己的車，離開了。

我傳了訊息，告訴白唯可以返回銀柳道了。

只要在不要在入口處停留太久，趕快走進銀柳道內部的區域，要遇見其他旅客也沒有那麼容易，可以盡情玩耍。

在白唯回來之前，我先深入了銀柳道。

憑著回憶，走到當初埋藏時光寶盒的樹下。

早知道今天會挖土，我拿出小型鐵鏟，這也是早上在別墅的農具棚子裡找到的東西。

我取出了時光寶盒。

「唉……」

現在打開，一定會湧出大量難以處理的情緒，我不知道自己能否承受。

將盒子塞進口袋，我回到銀柳道入口，等著白唯歸來。

CHAPTER 5

# 終話，是她。

直到夜裡，我們才坐車返回別墅。

白唯累壞了，她大概是第一次走進山中、看到那麼多原生野花，也是第一次看到如此茂密的銀柳。

在車上時她就睡著了。

月光照耀著她的側臉，那毫無防備的乖巧模樣，實在很難和清醒時活潑靈動的她聯想在一起。

抵達別墅，車子在靜謐的夜色中離去。

她用頭輕輕地撞了一下我的背。

「我先去睡了。」

接著人就消失了。

「好好睡吧。」

回想著她下午佇立在花群之中的模樣，我走進廚房泡了一杯綠茶，拿著時光寶盒走向別墅門廊。

那裡擺著兩張搖椅。

如果可以坐在搖椅上，迎著涼爽的夜風，遙望璀璨星空之下無際的田野，一定很舒服吧。

初來這間別墅時的願望，現在總算能實現了。

只是我的手上多了一個鐵盒。

重量很輕。

但很沉重。

外殼很薄。

但很寶貴。

能夠輕易打開的盒蓋，我卻遲遲無法將之掀起。

我輕輕地晃著搖椅，一旁小几上的綠茶飄著熱煙。

尋覓了這麼久，為何我還是沒有勇氣打開這個寶盒？

「唉……」

不管如何，終究是要面對。

長久以來和白宣相處產生的默契，讓我隱約知道她可能寫了什麼。

我們都是追逐夜星的白宣頻道一員，一起上山下海拍影片。

我們是同班同學，一起當值日生。

我也是現實中與她距離最近的人。

「吶，白宣，現在妳在哪裡呢？」

一排排蔥田不會給我回覆，孤寂的夜晚更沒有其他人聲。

我抬頭仰望星空。

燦爛的銀河迤邐天際，高掛的月亮灑下柔和的光芒。

「我究竟要在這裡原地徘徊多久？」

又要追尋多久，才能看見妳？

我心裡一橫，打開了鐵盒。

鐵盒裡如我預期，是兩張塵封已久的明信片。那是我們在頭城旅遊時順手買下的。

我拿起白宣寫的那一張，緊緊地捏在手裡。

手在顫抖。

心在劇烈地跳動。

我壓抑著情緒，先將視線投向遠方。這是白宣最常做的動作，任憑思緒翱翔。

良久，我閉起雙眼，在心裡和自己約定好，這次張開眼睛一定要面對。

看吧！

我睜開眼睛，開始閱讀那張明信片。

透光兒：

最近我們走過了好多地方。你和我一起旅行的時間，甚至比我和爸爸還長。

共同踏足那麼多神奇的地方，今天去的萬葉溫泉屋更是超乎我的想像。

和你一起旅行，四處去拍影片，我都很開心。

但是跟你說一件事。

追逐夜星的白宣頻道追蹤數雖然破五萬了，但其實……因為很多複雜的原因，如果，有一天我不再拍影片，不再當 Youtuber，只單純地去旅行。

我們一起去旅行。

那樣，你還會和我一起上山下海、到處玩嗎？

這是我們的時光寶盒，我想寫大膽一點的話——透光兒，你會喜歡不再是 Youtuber 的我嗎？

我好想知道喔，但沒有辦法直接問你。

要是你不喜歡那樣的我，又知道我對拍片已經沒有先前的熱忱……

不對，我其實不討厭當Youtuber，也不討厭製作影片。但是，我遇到了一些很難解釋的迷茫。

唉，真ㄉ是煩惱。

白宣筆

我愣愣地盯著手上的明信片，一時間不知道該說什麼。

強烈的情感絲毫不讓我休息似地衝擊著我。懊悔、難過、受傷、委屈的情緒，一波波拍向心中的堤防。

堤防輕易地被衝垮。

抽噎聲。

因淚腺刺激，鼻水也跟著出來了，我用力吸著鼻子。

隨後，我把臉埋進手掌。

溫熱的氣息，劇烈起伏的胸口，難以抑制的情感。

初識的白宣，遠比二年級時的白宣更會直接地表露情感。

這件事我都忘了。

雖然是藏在時光寶盒裡，但那候的白宣……

她會將心裡的迷茫寫下。

——透光兒，你會喜歡不再是 Youtuber 的我嗎？

「我……」

我想大聲回答。

但此刻白宣不在我身邊。

關於這個問題的回答，我心裡無與倫比地清楚。

但是、但是……

我想起了大約半年前，在東海岸，白宣曾經的提問。

那時白宣穿著灰色的運動連帽外套，交疊著一雙長腿，靜靜地坐在海岸上。

她坐在我身邊，雙眼望向海洋彼方。

「吶，透光兒。」

「嗯？」

「在你最脆弱、最難過的時候，心中想起來的人往往是你最依靠、最喜歡的人。你心中的她，是什麼樣的形象——不用說出來。」

「……」

無須思索，我知道答案。是蹲在森林裡拔野菜、在夕陽餘暉籠罩之下釣著魚，永遠光彩耀人的白宣。

「你心中的答案，有了？」

「嗯，有了。」

「好，不用說出來。」

白宣拉起淡灰色的帽子，蓋住自己的頭髮。接著，她把雙手插進外套口袋，視線越過我，望向我身後的海浪。

半年前，白宣叫我不用回答。

半年後，她想知道答案。

同樣在東海岸，這一次白宣不在我身邊。

她又一次提問。

「透光兒，在你最脆弱、最難過的時候，心中想起來的人往往是你最依靠、最喜歡的人。你心中的她，是什麼樣的形象？」

這次，白宣要我傳簡訊告訴她。

我照她的指示輸入了訊息。

是那個在沙岸上閃耀著晴天般的燦笑、俐落地清蒸著螃蟹；是會在盛夏時節到鄉下摘桑椹、騎著腳踏車在田野間穿梭；在高山的原住民部落裡，雙腳踩進小溪裡抓魚的她。

Youtuber。

白宣。

無止境的空虛感在心中蔓延，手腳無力，甚至握不住茶杯。拂過稻田的微風讓我渾身發冷，雖然沒有哭出聲，但心裡真的好難受。

白宣，妳如果不想拍影片了，就不要拍了啊。妳如果覺得我喜歡上的是披著Youtuber 外表的妳，就不要當了啊。

這一切我都可以接受，我最希望的是妳重新出現啊。

我在心裡不斷吶喊著。

說不出口，因為現在的我根本說不出完整的一句話，太難過了。

我沒有真的哭出聲，因為一旦哭出來……

所有情緒都會一口氣爆發。

「嗯……？」

一雙柔軟的手輕摸著我的頭。

我的雙眼布滿淚水，臉埋在手掌裡，根本看不到是誰。但是，應該是被吵醒的白唯吧。

她的手也在顫抖，大概是不知所措，但還是勉強自己安慰著我。

我試著慢慢平復自己的心情。

白唯出現後，或許是因為有人相伴，也可能是因為情緒獲得宣洩，我好一點了。

「……是白唯嗎?抱歉，把妳吵醒了。」

那雙柔軟的手沒有縮回，依舊輕輕撫摸著我的頭。

她沒有說話，也沒有發出任何聲音。

「……白唯？」

她還是沒有回話。

我用手抹去掛在眼角上的淚水，抬起頭望向眼前的身影——

——《迷途之羊02》完

# Afterword

# 後記

午安，想說的事好多，要從何說起呢？

總之先謝謝所有支持了第一集的讀者，也特別謝謝所有寫過心得、在各個地方給予我回饋的人。

不論是什麼樣的評價，我都很感謝。

也謝謝AJ哥與有話職說的前輩君，與《迷途之羊》的編輯。

沒有大家的支持，第二集無法順利完成。

每次打算放棄、想說再一個月出版也好時，來自讀者、來自編輯的期待都會讓我更有動力，尤其是倒數幾天所看到話。

最後幾天，我進入極度專心的狀態寫完了。

混吃剛步入老年，大概二十幾歲，但已經想不起來上一次這麼寫稿是什麼時候了。

充滿能量的感覺。

彷彿夢回十七歲。

很多讀者在問《迷途之羊》的集數，我預計是四到五本，具體結果還要看狀況就是了。

《迷途之羊》的出版過程其實不是那麼順利，我惹火過很多人，也對很多人抱有歉意。

我是作者，但文字一離開指尖，依然無法徹底傳達我的意思。

會讓人誤會，也會讓人不開心。

也會惹到人。

無力的是，混吃在生活裡朋友很多，幾乎沒有跟任何人翻過臉，為什麼透過文字時，就會常常惹到別人呢？

這一點我常常覺得很灰心。

我一直覺得，總有一天我會討厭文字吧？到時候就不可能寫小說了。

寫小說不只是傳達我一個人的思想，還要站在每一個角色的立場。

像是站在柳透光、白宣、白唯、小青藤的角度，用他們的人生經歷，思考他們所想的事，再讓他們說出來。

這個過程只要有一點失敗，文字就失去了我想傳達的真意。

《迷途之羊》這個系列，寫作的旅途上無數次扣入角色的迷惘，再用文字去描述那難以言喻的憂鬱。

寫著迷茫，寫著尋找自我。

談何容易。

對我來說很難，我試著去做，只因為想寫寫不同的故事。

我想寫獨屬於青春時代的迷茫。

說到這裡，真的很謝謝每一位傳訊息說好看、詢問第二集什麼時候出的讀者。第一集出版時，我根本拿捏不準到底好不好看。

所幸最後收到的回應是好的，讓我有了點信心。

再說說其他事吧。

雖然第二集出版的時間不一定來得及，但之後應該有機會發布，我想把《迷途之羊》做成一首歌，做成一首很好聽的歌，曲已經有強大的混吃朋友在編了。

起因是小青藤在書中唱歌，那段時期，我也受到好多神奇歌詞的衝擊，開始想創作一首詞。這是一本 Youtubers 的故事，做一首歌放上 Youtube 給大家聽，應該也是挺有趣的改編。

希望歌最後能完成。

最後，《迷途之羊》出版到現在，真的惹過不少人。

我再次向所有惹到過的人說聲抱歉。

因為角度的關係，很多時候我說的話、做的事，都考慮得不夠全面。而第二集完成的時間比預定的還要晚一些，大概麻煩到不少人，這一點對相關工作人員說一聲謝謝。

Facebook & 巴哈姆特，都能找到野生的微混吃等死。

想看混吃說話的話就追蹤吧。

求 CARRY。

微混吃等死。

高寶書版集團
gobooks.com.tw

**輕世代 FW277**

**迷途之羊02**

作　　者　微混吃等死
繪　　者　手刀葉
編　　輯　林紓平
校　　對　謝夢慈
美術編輯　彭裕芳
排　　版　彭立瑋
企　　劃　方慧娟

發 行 人　朱凱蕾
出　　版　英屬維京群島商高寶國際有限公司臺灣分公司
　　　　　Global Group Holdings, Ltd.
地　　址　臺北市內湖區洲子街88號3樓
網　　址　www.gobooks.com.tw
電　　話　(02) 27992788
電　　郵　readers@gobooks.com.tw（讀者服務部）
　　　　　pr@gobooks.com.tw（公關諮詢部）
傳　　真　出版部　(02) 27990909　行銷部 (02) 27993088
郵政劃撥　50404557
戶　　名　三日月書版股份有限公司
發　　行　三日月書版股份有限公司/Printed in Taiwan
初版日期　2018年6月
七刷日期　2021年3月

國家圖書館出版品預行編目(CIP)資料

迷途之羊 / 微混吃等死著.-- 初版. -- 臺北市：
高寶國際, 2018.06-
　冊；　公分. --

ISBN 978-986-361-517-0(第2冊：平裝)

857.7　　　　　　107003453

三日月書版

GOBOOKS & SITAK GROUP ©